機械仕掛けの選択

サクラダリセット3

河野 裕

角川文庫
20068

目次

主な登場人物

浅井《あさい》ケイ《けい》　見聞きしたことを忘れない「記憶保持」の能力を持つ少年。七坂中学校二年生。

春埼美空《はるきみそら》　世界を三日分、元に戻せる能力「リセット」を持つ少女。七坂中学校二年生。

相麻菫《そうますみれ》　未来を知る「未来視」の能力を持つ少女。七坂中学校二年生。

中野智樹《なかのともき》　時空を超え、声を届ける能力を持つ少年。七坂中学校二年生。

坂上央介《さかがみようすけ》　七坂中学校三年生。生徒会長。

村瀬陽香《むらせようか》　物を消す能力を持つ少女。

クラカワマリ　七歳の少女。

プロローグ

なにも聞こえなかった。

河口近くで幅が広がった川の流れは穏やかで、波の音を聞くには海がまだ少し遠い。背後の通りに人の気配もなく、夕陽はひっそりと空を染めているだけだ。セミの声くらいなら、どこかから聞こえてきてもよさそうなものだけど、今は耳をすませても、不思議となにも聞こえない。

もの静かなテトラポットに、浅井《あさい》ケイと春埼《はるき》美空《みそら》は、並んで座り込んでいた。八月三〇日の夕暮れは、微熱気味の額みたいに暖かく、なんだか意識が希薄になる。

ケイは目を閉じた。まぶた一枚ぶんの闇の中で思い出したのは、ひとりの少女のことだった。

相麻菫《そうますみれ》。不敵で、孤独で、気まぐれな、野良猫みたいに笑う少女。ある日突然、死んでしまった女の子。

彼女に初めて会ったのも、このテトラポットの上だった。

二年前の四月八日、ちょうど午後六時になるころだ。夕焼け時のテトラポットで、ふたりは出会った。

──あのとき、僕は、ひとりでいたかっただけなんだ。

誰とも顔を合わさず、言葉を交わさず、夕陽をみていたかった。そこに誰かが現れても、相手にするつもりなんてなかったのに。

相麻菫は言った。

──泣いているの？

そのシンプルな質問に、思わずケイは反応してしまった。「どうしてそう思うの？」と尋ね返してしまった。こちらは誰にも出会うつもりなんてなかったのに、相麻菫は無理やり、浅井ケイと出会った。

目を開く。

あの頃と変わらない、夕焼けの茜色《あかねいろ》が横たわっている。その濃度が、目を閉じる前よりも濃くなっていた。少しバランスを崩せば夜の闇に混じって濁りそうな、その繊細な色をみつめながら、小さな声でケイは尋ねた。

「アンドロイド当てを覚えているかな？」

隣で春埼が、少しだけ首を動かすのがわかる。肯定でも否定でもない、わずかに首を傾げる動作だった。

「相麻菫の質問ですか？」

ケイは頷《うなず》く。

二年前の、四月二八日のことだ。ケイたちは中学二年生で、三人は放課後の屋上にいた。中学校の敷地内で、いちばん南側にある校舎の屋上だ。

あのとき相麻が言ったことを、ケイはそのままなぞる。

「私たちの中に、アンドロイドがいると仮定しましょう」

浅井ケイ、春埼美空、そして相麻菫。三人が共に過ごしたのは、それほど長い時間ではない。二年前の四月末から同じ年の八月が終わるまでの、半年にも満たないひとつの夏だけだ。

あの夏、ケイはずっと、彼女が出した問題について考えていたように思う。

――私たちの中に、アンドロイドがいると仮定しましょう。

アンドロイド。人間そっくりに作られた、でも人間ではないなにか。

相麻菫は、ケイと春埼に尋ねた。

――アンドロイドは、だれ？

「僕たちが初めて、顔を合わせたころの話だ」

ケイと春埼の関係は、あの日から始まった。アンドロイドがだれなのか、相麻菫が尋ねた日から。

ケイはゆっくりと記憶を掘り起こす。中身がわかりきっている箱の中を、それでも期待を込めて確認するように。忘れられるはずもない、二年前のあの夏を、柔らかな力でまたなぞる。

1話　ある夏の始まり

1　浅井ケイ――一度目

　四月二七日、火曜日。

　午後四時三〇分に、浅井ケイは学校指定の白い鞄《かばん》を持って席を立った。とても軽い鞄だった。教科書や辞書の類は、すべて机の中か、ロッカーに入っている。鞄の中身は筆箱と、数冊のノートだけだ。

　中学二年生になって、もう二〇日ほど経つ。わかりきっていたことだが、中学二年生の日常は、中学一年生の日常とそう大きく変わりはしなかった。教室、教科書、担任教師、クラスメイト。すべて新しいものに入れ替わったけれど、以前のものとの違いを尋ねられても上手《うま》く答えられない。古くなったボルトを外し、新しいボルトでまた締める。その程度の違いに思えた。

　ケイはたまに会話を交わすだけの、友人とも呼べないクラスメイト数人に手を振って教室を出る。そのまま廊下を進み、階段を下りて、玄関口に向かった。

　歩きながら、考える。

　中学二年生になって、もし大きな変化があるとするなら、それは目の前にひとりの少女が現れたことだ。その少女の名前は、相麻菫という。彼女はケイと同じ、七坂《ななさか》中学校の二年生で、ケイとは違うクラスに所属している。

出会ってから彼女の存在が、ケイの意識の一部に居座り続けている。たとえば階段の踊り場で、あるいは廊下の曲がり角で、この先に彼女がいるかもしれないなと感じることがしばしばある。超常的な勘が働くわけではない。その予感は当たることよりも外れることの方が、ずっと多い。

内心でケイはつぶやく。まるで他人事《ひとごと》のように。

――つまりそれだけ、僕は彼女を警戒しているんだろうね。

相麻菫の言動は、上手く推測できない。わからないことは怖い。警戒しないではいられない。

彼女に初めて出会ったのは、四月八日だ。あの日から今日まで、休日を除いた一二日間のうちに、ケイは相麻と一七回も遭遇している。二日に三回の割合だ。偶然とは思えない頻度だが、そこにどんな意味があるのかもわからない。たいていはわけのわからない、でもなんだか妙に意識に残る会話を交わして、それで彼女はふっと消えてしまう。その裏側に漠然とした目的のようなものを感じるけれど、具体的な推測は立たない。いずれなにか、面倒なことになるのではないかという予感があるだけだ。

玄関口に続く、最後の角を曲がる。角の向こうに相麻がいるような気がしたけれど、やはりその予感は外れた。面識のない生徒が数人、靴を履き替えていただけだ。

ケイも彼らに倣い、靴箱の扉を開ける。もう半年ほど履いているスニーカーの上に、白い長方形が載っていた。

封筒だ。横長で、ハート形の赤いシールで封をしている。どの携帯電話の絵文字にも登録されているような、あまりに記号的でもう誰も使わないような封筒が、薄汚れたスニーカーの上に載っている。

手に取り、裏面を確認するが送り主の名前はない。上履きからスニーカーに履き替えたケイは、歩きながら封筒を開く。ハートのシールが軽快な音を立てて真ん中から破れた。もしこれが本当にラブレターだったなら、構造的に欠陥があるなと思う。

校庭に出て、封筒から便箋《びんせん》を取り出したとき、強い風が吹いた。

もうすぐ五月になる時期だ。空気は暖かいけれど、風はまだ肌寒い。便箋が飛び立ちたがっているように、手の中ではためく。

そこに書かれている文面は簡潔だった。たったの二行しかない。一行目に明日の放課後、屋上に来て欲しいと書かれていて、二行目に送り主の名前がある。

綺麗《きれい》な字だな、とケイは思った。的外れな感想だとは気づいていたけれど。あるいはこの出来事に、少し混乱していたのかもしれない。

手紙の二行目には、相麻菫と書かれていた。

どうしてわざわざ、こんな方法で呼び出す必要があるのだろう。用があるのなら、いつものように勝手にやってきて、一方的に喋《しゃべ》り出せばいいじゃないか。

──相麻菫の意図がわからない。

これから二年間、高校一年生になってもまだ抱き続けることになる疑問を、ケイはこの日も内心で呟《つぶや》いた。

浅井ケイが咲良田《さくらだ》で暮らし始めたのは、小学六年生の夏だ。

それから中学校を卒業し、高校に入学して一人暮らしを始めるまでの三年と半年ほどの期間、ケイは中野《なかの》という家に置いてもらっていた。

ひとりで生活するには、小学六年生というのは幼すぎる歳だったし、ケイはある事情で咲良田の外に出ることが許されていない。そして中野家は広く、子供がもうひとり暮らすくらいのスペースは充分にある。

相麻からの手紙を鞄にしまったケイは、国道沿いにある書店で翻訳物のミステリを一冊買って、「中野」と表札の出ている家に帰った。辿《たど》り着くころにはもう、日が暮れかかっていた。

中野家は数年前に建て直したばかりで、まだ真新しくみえる。門を潜ると、広い庭からトントンと弾む音が聞こえた。

そちらに目をやると、少年がひとり、バスケットボールをついている。

背の高い少年だ。短く刈り込まれた髪と、くりんとした大きな瞳《ひとみ》。中野智樹《ともき》というのが、その少年の名前だ。中野家の長男で、歳も通う中学校もケイと同じ。さらに同じ家で暮らしているのだから、それなりに仲は良い。この街で友人と呼べるのは彼くらいだと、ケイは思っている。

この時間、彼がバスケットボールをついているのは見慣れた光景だ。Tシャツにジャージのズボンというラフな格好も、コンバースのスニーカーも。決まった時間に明かりを灯《とも》す街灯みたいに、彼は毎日そうしている。

中野家の庭には、バスケットのゴールがひとつだけある。家を建て替えたときにもそのまま残された、古びてさびついたゴールだ。中野智樹の父親がまだ高校生だったころに備えつけたものだと聞いたことがあるから、思い入れが強いのかもしれない。ネットはあちこち破れて垂れ下がっていたけれど、リングさえしっかりとついていれば、バスケットゴールとしての機能は果たせる。

中野智樹は綺麗なフォームで、ボールを宙に放る。高く放物線を描いたボールは、ゴールリングを通り抜けてネットを掠《かす》める。遅れて、とん、とボールが地面で弾んだ。

「上手いものだね」

と、ケイは声をかける。

彼はこちらに向き直り、額の汗を右手で拭《ぬぐ》った。

「おかえり。遅かったな」

「ん、ただいま。ちょっと美倉《みくら》に寄っててね」

「美倉？」

「本屋だよ、国道沿いの」

智樹は呆《あき》れた様子で笑う。

「歩いていく距離じゃないだろ。一度帰ってきて、自転車使えよ」

「それほどでもない。学校からなら片道二五分ってところだ」

「学校からうちまでなら、一〇分で着く」

彼は「まぁいいや」とまた笑って、転がっていたボールを拾い上げる。

「バスケしようぜ、ケイ」

「あんまり、体を動かしたい気分じゃないんだけどね」

「体を動かしたくない奴が、往復五〇分も歩くなよ」

「本を読みたい気分だったんだ」

とはいえ、智樹にはいくつか聞きたいことがあった。そのついでにバスケットにつき合ってもいい。

「待ってて。着替えてくる」

ケイは適当に手を振り、庭の裏手へ向かって歩く。

咲良田を訪れるまで、もう少し人口密度の高い街に住んでいたケイにとっては理解し難いことだが、この家には離れがある。その離れに、ケイは置いてもらっていた。

離れは智樹の祖父が自身の書斎にするため用意したものらしい。元々は和風の建物だったけれど、家を建て直すときにこの離れも新しくしたとのことだった。洋風のこぢんまりした離れは、なんだか少し大きな犬小屋みたいにみえる。

借りている鍵《かぎ》を開けて離れに入る。中には書斎だったころの名残で、いかにも重たげな木製のデスクとガラス戸つきの本棚がある。隣に並ぶ、ケイのためのスチールベッドがいかにもミスマッチだ。

ケイは鞄《かばん》をデスクの上に置いた。物の少ないデスクだ。筆立てがひとつ載っているのと、あとはその片脇に、小さな猫形のキーホルダーが置かれているだけだ。——いや、その猫は、今はもうキーホルダーですらない。金具の部分が壊れてしまったから、なんの機能も持っていない。置物としても不安定で、近くでシャープペンシルを走らせるだけですぐに倒れてしまう。

その、作り物の猫に背を向けて、ケイは制服から無地のTシャツとジーンズに着替えた。

バスケットゴールの前に戻ると、智樹は手持ち無沙汰《ぶさた》な様子で、ボールの上に座り込んでいた。彼はこちらに気づいて立ち上がる。

「よし、はじめようぜ」

智樹とのバスケットというのも、中学一年生のころから変わらない日常の一部だ。どちらが先に攻撃するのかを決めるジャンケンに負けたケイは、バスケットゴールに背を向けて立つ。それから軽く、目を閉じた。

ケイは過去の五感や思考を、完全に思い出す能力を持っている。絶対的な記憶力、と表現してもいい。頭の中では、以前バスケットをしたときの、智樹の動作が忠実に再現される。歩幅、スピード、得意なシュートコース、視線の動き、細かな癖、息づかい——そういったものが何百も、何千も、すべて。

目を開いて、ケイは笑う。

「君は僕から見て右にかわすフェイントを入れて、左から回り込むつもりだ、と予想するよ」

智樹はふっと息を吐き出した。

「バスケに心理戦を持ち込むなよ」

「普通にやったら、君に勝てるわけがない」

「そうか？」

「ん？」

「いや。ま、いいよ」

智樹はケイにボールを投げる。ケイはそれを受け取り、再び智樹に投げ返す。ワン・オン・ワンの正式なルールは知らないが、中野家の庭では守備側が投げたボールを攻撃側が受け取った瞬間から、ゲームが始まるということになっていた。

ケイは右方向に移動しやすいよう足の位置を調節する。智樹は体の重心を落とし、滑るように走り出す。一回、二回、ボールがむき出しの地面でバウンドする。

三度めのバウンドで、ボールが智樹の右手から左手に移り変わる。彼の体が傾く。一瞬、彼の視線がケイからみて右側の方向に動いた。

それがフェイントだということには気づいていた。彼の体勢、歩幅、視線の先――それに、表情。すべての情報から、彼の次の行動を予想する。過去の類型的な動作を思い出し、その動作を目の前の彼に当てはめる。

先ほどケイが指摘した通りに、智樹は右にかわすようフェイントを入れて、そこから鋭く左へと進む。あの言葉は予想ではない。ああ言えば彼が、指摘した通りの方法でこちらを抜こうとすると知っていた。でも。

――これもフェイントだ。

そう確信しながら、ケイは首から上だけ、彼の動きにつられたように振る舞う。智樹の行動は完全に読める。距離もタイミングもすでに記憶している。視界は必要ない。

まったく別の方向を向いたまま、ケイは前方に足を踏み出す。遅れて顔を前に戻す。目の前で、智樹は立ち止まっていた。顔の前にボールを掲げ、軽くジャンプしてシュートの体勢に入る。

すべて予想した通りだ。最速のタイミングで反応する。なのに。智樹の口元は笑っている。

彼がシュートのモーションに入ってから、ボールを手から放すまでの時間が、記憶よりもわずかに速い。ケイは跳び上がって手を伸ばしながら、確信した。

――これは、届かない。

ケイの手の上を、バスケットボールが通過する。ボールを放した智樹の手が、胸の前で拳《こぶし》を作る。ケイは体を捻《ひね》って、ボールの行方を追う。わかりきった結果を確認するために。

夕焼けの空を背景にした、黒いシルエットみたいなボールが、計算で導き出したコースを辿《たど》るように、高く理想的な放物線を描きゴールリングを通過した。

地面でボールが弾む音が聞こえる。智樹は楽しげに笑う。

「今のは完璧《かんぺき》だった、だろ？」

舌打ちして、ケイは答える。

「僕と智樹の身長が同じくらいなら、止められた」

智樹の身長は、ケイよりも一〇センチ近くも高い。

「知るか。お前がチビなのが悪いんだろ」

「智樹が大きすぎるんだよ。僕は、平均よりもやや小さい、くらいだ」

「諦《あきら》めろよ。相対的に、お前の方がチビだ」

「智樹の場合、相対化する対象が狭すぎるんだよ。僕の身長は学年の平均より三センチ程度しか低くない。君が平均よりどれだけ高いか考えれば、僕が小さすぎるのか、それとも君が大きすぎるのかはっきりする」

ははっ、と智樹は笑う。

「お前がなにを言おうが、オレが先制したことは変わらないんだよ」

「バスケットは身長で階級わけするべきなんだ。ボクシングのウェイトみたいにさ」

どうでもいい口論を交わしながら、ケイはボールを拾い上げる。

「今日は負けないよ」

と言ってみたけれど、そんな言葉、ケイ自身も信用していなかった。

中野家の庭で行われる、ワン・オン・ワンのバスケットは、智樹が二〇点ぶん、あるいはケイが一〇点ぶんゴールを決めるまで続く。大きなハンディキャップがついているけれど、ケイの勝率は三割といったところだ。

この日、智樹が二〇点ぶんのゴールを決めるまでに、ケイは六得点をあげた。極めて平均的な結果だった。


気がつけば日が暮れていた。

試合終了後、ケイは地面に座り込み、額の汗を拭《ぬぐ》う。智樹はケイの隣で、地面に寝転がって空を見上げている。夜が訪れる直前の大気は深い青色で、滑らかな湿り気を帯びている。

「君、また少し速くなったね」

「そうか？　ま、成長期だしな」

「上手《うま》いんだから、バスケットボール部に入ればいいのに」

「嫌だよ。オレには放送部があるから」

智樹は小学生のころ、ミニバスケットボールのチームに入っていたけれど、中学校で選んだのは放送部だった。そこにどんな意図があるのか、ケイは知らない。智樹がなんの部活動をしていようが、文句を言うようなことでもない。

ま、いいけどね。と答えてから、なるたけさりげない口調でケイは尋ねた。

「智樹のクラスに、ちょっと変わった女の子がいるでしょ」

「変わった女？　髪が長い奴か？」

「いや、ショートカットだよ。相麻菫っていう名前」

彼女は智樹と同じ、二年一組に所属している。

「ああ、うちのクラス委員長だな」

彼女がクラス委員長だということは知っていた。

簡単に調べてみたのだ。面白いことはなにもわからなかった。相麻菫はなんの能力も持たない、ただの中学二年生の女の子にしかみえなかった。プロフィール上の特徴といえば、去年の春に他所《よそ》から咲良田に引っ越してきたことと、一年生のころに生徒会の仕事を手伝っていたことくらいか。でも生徒会の手伝いはこの春に辞めていて、そこに違和感があるといえばある。

智樹は寝転がったまま、軽く首を捻って答える。

「相麻は別に、変わってないと思うけどな。あいつがどうかしたのか？」

「ちょっと気になってね」

「なんだ、恋か？」

「その可能性は考えてなかったよ」

智樹は視線を空に戻す。彼の顔をみつめていても仕方がないから、ケイも同じように顔を上げた。黒い影のような雲が流れていく。

「ま、お前が誰かを好きになるってのも、想像しづらいけどな」

「失礼な話だね。僕は君のことだって大好きだよ」

「気持ち悪いな。オレは女の子が好きだ」

「好意をなんでも恋愛に結びつけるのはよくないね。僕はスパゲティーが好きだけど、ミートソースに恋しているわけじゃない」

「食べ物と同じレベルかよ」

「ただのたとえ話だよ」

実のところ、それほどスパゲティーが好きなわけでもない。たまに食べたくなる程度だから、本当に例示でしかない。

智樹は呆《あき》れた様子で首を振る。

「ま、別になんでもいいさ。お前が同年代の女の子に興味を持つなんて、前代未聞じゃないか」

「そうかな」

「そうだろ。なにかあったのか？」

少し迷ったけれど、ケイは答えた。

「何度か会って、話をした。そして今日、学校を出るとき、靴箱に手紙が入っていた」

その手紙は横長の白い封筒で、ハート形のシールがついていた。

「相麻からの？」

「うん。明日《あした》の放課後に、学校の屋上に来て欲しいってさ」

「そりゃ、間違いなく告白だろ」

「他の女の子からなら、その可能性を疑うけどね。相手は相麻さんだよ？」

「だからどうした。普通に明るい女の子だろ」

どうやら相麻菫に対する印象は、ケイと智樹の間に大きな隔たりがあるようだ。彼からはあまり情報を得られそうにない。

まぁいいさ、とケイは思う。明日になればわかることだ。

「ところで、髪の長い女の子っていうのは？」

ケイは唐突に話題を変えた。それまでの話題を続けることが面倒になったとき、よく使う方法だった。

「ん、ああ。髪が長い、変な奴がいるんだよ。ちょっとお前に似てるな」

「へぇ。それは興味深いね」

「滅多に喋《しゃべ》らないし、表情も変えないし、周りの人間になんの興味もなさそうな奴だ。なんか読みにくい苗字の——ハルキ、だったかな」

「どこが僕に似てるのさ？　どちらかというと僕は多弁な方だし、表情は豊かだし、名前は浅井ケイだよ」

「多弁かもしれないけど、表情が豊かだって？」

ケイはにっこりと微笑んで答える。

「僕ほどポーカーフェイスが苦手な人間もそういない」

智樹は呆れた風に首を振った。

「ま、いいけどな。なんとなく、どっか雰囲気が似てるんだよ」

「まったく具体性がないね」

「単純に言えば、そうだな。いろんなことに心がこもってないようにみえる」

智樹は思いのほか真剣な顔でこちらに視線を向けた。なんとなく気まずくて、ケイはまた空を見上げる。夕焼けの後の空は濃紺色に澄み、世界を薄い闇と濃い影で覆う。

目を逸《そ》らしていても、智樹の声が聞こえる。

「例えばお前、バスケでオレに勝ちたいとも思ってないだろ」

彼の声には、どこか躊躇《ためら》いが混じっていた。

本当は智樹だって、こんな話をしたくはないのだろう。なら初めからしなければ良いのに。言葉なんて、必要最低限の情報さえ伝達できればそれでいいのだ。コンビニで店員と交わす会話みたいに。

「そうみえる？」

「みえないよ。点を取られれば、ちゃんと悔しがってるようにみえる。でも本当は、そんなことに興味ないんだろうなと思う」

「どうして？」

「さぁな。たぶん直感だよ」

「ああ、そう」

ケイは立ち上がり、ジーンズについた土を払う。

薄暗がりの中で、智樹は少しだけ眉《まゆ》を寄せた。

「悪い。変なこと言ったな」

謝るくらいなら、初めからなにも言わなければいい。そう思ったが、この指摘も不必要な言葉だろう。ケイは話題を打ち切るために答える。

「別に謝られるようなことじゃないよ。それよりも夕食の前に汗を流したいんだけど、先にシャワーを使ってもいいかな？」

「いいよ」

「ありがとう」

ケイは智樹に背を向けた。

別にバスケットに負けることが、悔しくないわけではないんだけどね、と内心で言い訳していた。でもたしかに、時間潰《じかんつぶ》しのバスケットの結果なんかには、それほど興味がないことも事実だ。

——結局のところ、智樹の指摘が正しいんだろうね。

本心がどこにあるのかではなくて、どれだけ大きいのかが問題で、たしかに色々なことに、心がこもっていないのかもしれない。

＊

翌日。——四月二八日、水曜日。

その日の放課後、ケイは教室にいた。

相麻から受け取った手紙には、放課後に屋上まで来いと書かれているだけで、正確な時間は記されていなかったのだ。一五分ほど時間を潰《つぶ》してから向かうことに決め、ケイは文庫本を開いた。

昨日買った翻訳物のミステリ小説だ。後ろに解説がついていて、なんとなくそこから読み始める。解説にはそれほど興味もない。ランチのセットメニューで付け合わせのサラダから食べ始めるような心境だった。この本は四〇年ほど前に書かれて、それなりの部数が売れ、小さな賞を取ったことがわかる。

ほんの数行読んだところで、ふいに、頭の中に声が響いた。

聞きなれた声だった。中野智樹の声。

——ケイ、頼みがあるんだ。教室で待っててくれないか？

智樹の能力だ。彼は離れた場所にいる相手に、時間を指定して声を届けることができる。ケイは手の中の文庫本をそのまま読み進めて、ちょうど解説を読み終えるころに智樹が現れた。

「悪い。英和辞典貸してくれ」

「いいけど、どうして放課後に？」

「部活で使うんだよ」

放送部員がどんな目的で英和辞典を使うのだろう。洋楽のタイトルでも訳すのかなと考えながら、ケイは机の中から英和辞典を取り出す。

それから智樹と少し話をして、気がつくと一五分間が経過していた。彼とは廊下を少し進んだところで別れ、ケイは上り階段に足をかける。屋上までには二階ぶん、階段を上らなければならない。

昨日、靴箱に入っていた手紙を思い出す。——四月二八日の放課後、南校舎の屋上に来てください。相麻菫。

まったく、身勝手な文面だ。頭語と時候の挨拶《あいさつ》から始めろとはいわないけれど、せめて用件くらいは書いて欲しいものだ。

学校指定の上履きで、ぱたんぱたんと安っぽい足音を立てながら、階段を上り、屋上に出る扉を開けた。

だが、そこにいたのは相麻菫ではなかった。

髪の長い女の子がただひとり、表情もなく立っていた。

ケイはその少女の名前を知っていた。理由は簡単だ。同じ学年にいる生徒の名前を、すべて覚えているだけだ。

春埼美空、というのが、彼女の名前だ。

中野智樹、そして相麻菫と同じクラスに所属している女の子。昨夜、智樹が彼女について、変な奴だと語ったことを思い出す。ケイと同じように、いろんなことに心がこもってない、と。

春埼美空はじっと、こちらをみていた。

だがケイには、彼女が自分をみているのだとはどうしても思えなかった。もしこの場所にケイが立っていなくても、きっと彼女はまったく同じ表情で、同じ方向を向いているのだろう。

髪の長い、その少女の視線は、あまりに平淡で意思がない。智樹が語った通り、そこに心がこもっているとは思えない。

ケイは意図的に微笑んで、まっすぐ春埼に歩み寄る。春埼の様子は変わらない。面識のない男子生徒が近づいても、警戒も、緊張もない。

こちらから声をかける。

「君、二年一組だったよね？」

春埼はしばらく、なんの反応もしなかった。まるでケイの姿もみえず、声も聞こえないという風に。間近でケイが歩みを止めてようやく、彼女は静かな声で答えた。

「はい」

返答までのタイムラグに気持ちの悪さを覚えたけれど、表情には出さないよう気をつける。

「君のクラスの、相麻さんを知っているかな」

「はい」

「よかった。僕は相麻さんに、ここに来るよう言われたんだけどね。彼女、どこにいるのか知ってる？」

「いいえ」

まったく、なんだこの少女は。まるでむき出しのコンクリート塀に向かって独り言をつぶやいているような気分になる。

少し考えて、ケイは尋ねてみる。

「君の好きな食べ物はなに？」

はい、と、いいえ、以外の言葉を喋《しゃべ》らせてみたくなったのだ。

唐突な質問だけど、春埼は驚いた様子もなく答える。

「ありません」

「そう。じゃあ嫌いな食べ物は？」

「好き嫌いがないのはいいね。健康的な食生活を送れそうだ」

適当に答えながら、ケイは内心で智樹に悪態をついた。――まったく、この子と僕の、どこが似ているっていうんだ。さすがに僕にだって、もう少し人間味というものがあるはずだ。

「ところで、どうして君はここにいるの？　ひとりきりになりたいのなら、僕は出て行くけれど」

「ここにいるのは、相麻菫に呼び出されたからです。ひとりになりたいわけではありません」

思いのほか、長い言葉が返ってきた。

ケイは意図してため息をつく。

「そういうことは、できればさっき、相麻さんの話をしたときに言って欲しかったね」

彼女は少しだけ首を傾げる。こちらの言葉を理解していないように。

いちいち気に留めるのも面倒だ。ケイは続けて尋ねる。

「相麻さんのことを、他にも教えてくれないかな？」

「他にも、の意味がわかりません」

「なんでもいい。彼女について知っていることを、適当に話して欲しい」

春埼美空は一定の速度で首を下げ、同じ速度でまた上げる。なんだかそうはみえなかったけれど、肯定の動作ではあるのだろう。

「相麻菫は二年一組のクラス委員長をしています。クラス委員長の用事で遅れるため、先に私だけここに来るよう指示しました」

「その用事の内容を、君は知っているかな？」

「いいえ」

「なるほど」

クラス委員長を集めた会議なんかが行われるなら、ケイのクラスの委員長も呼ばれているはずだ。だが担任の教師がそんなことを言っていた記憶はなかった。とはいえ個別に雑用を頼まれることもあるだろう。

――ま、なんだっていいさ。

重要なことはひとつだ。相麻はケイと春埼を、同時にこの屋上に呼んだ。なんらかの意図を持ち、ふたりを出会わせようとした。

「君は、僕も相麻さんに呼ばれている事を知っていた？」

「いいえ」

「それじゃあ、君がここに呼ばれた理由は？」

「わかりません」

「僕と同じだね。まったく、相麻さんも勝手な人だ」

この奇妙な少女とふたりきりで、一体どうやって時間を潰せというのだろう。しりとりでもしてみようか。春埼がそれを拒否することはないのではないかという気がした。今までの会話と同じように、彼女は平然と、しりとりにつき合ってくれそうだ。こちらが「りす」と言えば彼女は「すいか」と答えるだろうし、「からす」と続ければ「するめいか」と言ってくれるかもしれない。

表情もなく淡々と、「するめいか」と答える中学二年生の女の子には、多少なりとも好奇心がくすぐられた。でも実行してもあまりに無益だ。ケイはもう少しだけ意味のありそうなことを尋ねる。

「君は、相麻さんと親しいの？」

春埼は少しだけ首を傾げた。

「親しい、の定義がわかりません」

「そうだね。じゃあ、相麻さんとよく話をするの？」

「私が去年一年間で、もっともよく会話をしたクラスメイトは、おそらく相麻菫です」

「ああ、去年も同じクラスだったんだね」

ケイはおよそ一年前——七坂中学校に入学したばかりの頃に受け取った、クラス分けの表を思い出す。たしかに相麻菫と春埼美空の名前は、同じ一年四組の欄にある。

「それなら、わりと親しいと言っていいんじゃないかな？」

「ですが私は、おそらく平均的な中学生に比べて、クラスメイトと会話を交わす頻度がとても低いのだと思います」

「そうなの？」

春埼はこくりと頷《うなず》く。

「二年生になってから、学校で最も長く会話をした相手は、貴方《あなた》です」

ケイと春埼が言葉を交わしたのは、今日が初めてだ。なんともハードルの低いナンバーワンだった。

「新学期が始まって、まだ二〇日ってところだ。これからいろんな人と話をすればいいよ」

「会話をすることが必要ですか？」

「どうだろうね。必要かといわれれば、そうでもないんじゃないかな」

好きにすればいい、とケイは言った。

そのせいだろうか。春埼からの返答はなかった。ケイもそれ以上、会話を交わす理由に思い当たらず、屋上の手すりにもたれかかる。

学校の前の通りを、下校中の生徒たちが歩いていく。彼らの話し声が、くすぐるように、かすかにこの屋上まで届いていた。喧騒《けんそう》との距離感が心地いい。

しばらくの間、ケイと春埼は、無言で屋上に立っていた。相麻菫はいつ来るのだろう。もう五分ほど待って、それでも来なければ次の行動を決めようと思う。つまりは家に帰るか、本当にしりとりを始めるか。

ケイがそんなことを考えていると、ずっと屋上の入り口を眺めていた春埼が、すぐ隣に移動した。彼女は中学校の前にある通りに視線を向けている。

なにか、彼女の興味をひくようなものがあったのだろうか。この少女がどんなことに興味をひかれるのか、少しも想像できないけれど。

春埼の表情は、今までと同じ、無色で透明だった。そこにはなんの感情もみつからない。夜空でさえないまっ暗闇みたいな顔つきだった。ケイも彼女の視線を追いかけて首を振る。

学校の前の通りを、帰宅中の生徒たちが歩いていく。下校のピークを過ぎたのか、少し人の数は減っているように思う。その通りの向こう、曲がり角の手前で、ひとりの女の子がうつむいていた。七坂中学校の生徒ではない。中学生よりも、ずっと幼い。小学校の低学年くらいの女の子だ。

ひと目でわかる。その女の子は泣いている。

転んでしまったのだろうか。迷子になったのだろうか。理由はわからないし、彼女の泣き声がこの屋上まで届くこともない。でもたしかに小さな女の子がひとりきり、春埼美空の視線の先で泣いている。

もう一度、ケイは視線を春埼の方に戻す。風が吹いて、彼女の長い髪が揺れる。自然なウェーブのかかった細い髪が、その裾《すそ》を広げる。

彼女の薄い唇が、わずかに動いた。

「リセット」

それは、ため息みたいに。

少し掠《かす》れた、女の子にしては低い声で、春埼美空は小さくつぶやいた。

＊

四月二七日、火曜日。

午後四時三〇分に、浅井ケイは学校指定の白い鞄《かばん》を持って席を立った。とても軽い鞄だった。教科書や辞書の類は、すべて机の中か、ロッカーに入っている。鞄の中身は筆箱と、数冊のノートだけだ。

中学二年生になって、もう二〇日ほど経つ。わかりきっていたことだが、中学二年生の日常は、中学一年生の日常とそう大きく変わりはしなかった。教室、教科書、担任教師、クラスメイト。すべて新しいものに入れ替わったけれど、以前のものとの違いを尋ねられても上手《うま》く答えられない。古くなったボルトを外し、新しいボルトでまた締める。その程度の違いに思えた。

ケイはたまに会話を交わすだけの、友人とも呼べないクラスメイト数人に手を振って教室を出る。そのまま廊下を進み、階段を下りて、玄関口に向かった。

靴箱でハートのシールがついた白い封筒をみつけ、国道沿いにある書店で翻訳物のミステリを一冊買った。中野家に帰りつくと、智樹に声をかけられて、バスケットをすることになった。

決まったプログラムに従って行動するように。ケイは智樹とのジャンケンに負けて、バスケットゴールに背をむけて立つ。

軽く、目を閉じる。智樹の歩幅、スピード、得意なシュートコース、細かな癖、そういったものをすべて思い出すつもりだった。

最初にあったのは、ほんの小さな違和感だ。

――記憶の距離が、いつもとは違う。

そう表現するのは、正確ではないのかもしれない。だが他に言い表し方もなかった。目を閉じて、ひと月前を思い出そうとしたとき、そのひと月前がいつもよりも遠い場所にあるように感じた。

水にもぐる前に息を止めるように、小さな覚悟を決めて、ケイは「昨日」を思い出す。

四月二七日の前日。本来なら、四月二六日があるべき場所。

だが、そこにあったのも、今日と同じ四月二七日だった。

意識したとたん、ケイの頭の中に、情報が溢《あふ》れる。今、この時間から、本来なら明日――四月二八日の放課後の、屋上に至るまでの記憶だ。

唐突に押し付けられたおよそ二四時間ぶんの記憶は、頭痛と吐き気を伴う。霞《かす》んでいく意識を無理やりに引き留めるように、ケイは自身の額をつかんだ。

強く目を閉じていた。まぶたの裏側、わずかに赤みがかった光が散らばる暗がりの中で、智樹の声が聞こえた。慌てた様子の声だ。

「どうした？」

ケイは目を開き、無理やりに微笑む。

「なんでもない。ちょっと、勝ち目がないなと思ってね」

過去を思い出したはずなのに、未来がみえた。

ケイはこのバスケットのゲームに敗北する。智樹が二〇得点をあげるあいだに、六点しかとることができない。

――時間が、巻き戻ったんだ、きっと。

スムーズにそう理解できたのは、この現象を今までにも何度か経験したことがあったからだ。ケイが絶対的な記憶保持能力を手にした二年前から、数か月に一度の頻度で経験している。

きっと、誰かが、能力を使った。時間に干渉する能力を。

失われた二四時間ぶんの記憶は、頭の中に雑然と散らばっている。ケイは記憶を、正しい時系列順に並べなおす。その作業の終わりで、つまりは時間が巻き戻される最後の瞬間で、ひとつの言葉をみつける。

屋上に立つ女の子。彼女はウェーブのかかった、美しい髪を持っている。その髪が、風に吹かれて、揺れる。

彼女の薄い唇がつぶやく。

なんだかため息のような、諦《あきら》めの混じった声で。

――リセット。

その直後、世界の時間が、巻き戻った。

なんてことだ、とケイは思う。

ひとりの少女がリセットと呟《つぶや》いた瞬間に、世界は四月二八日から、四月二七日に戻った。すべて、偶然なのだろうか。まったく無関係な出来事なのだろうか。

それとも、春埼美空。

あんなにもちっぽけな女の子の能力で、こんなことが起きたのだろうか。世界すべてを、おそらくは宇宙まで含めてすべてを、なにもかもまとめて過去に戻す。このあまりに強力な能力を、たったひと言で使ってみせたのだろうか。

――まったく、信じられない。

思わずケイの口から、笑い声が漏れる。

「本当に、どうしたんだよ、ケイ」

智樹の声が聞こえた。

「ちょっと楽しいことを思い出したんだよ」

記憶に集中して、いつの間にか再び閉じていた目を開く。

不安げな表情の、智樹の顔がみえた。だが、そんなことを気にしている余裕もない。

時間を巻き戻す能力。それはケイにとって、極めて大きな意味を持つ能力だ。言ってみればかつて、ケイを救ってくれた能力だ。

そして、春埼美空はつぶやいた。

――リセット。

あまりにこの能力に、似つかわしい言葉じゃないか。

まだ込み上がる笑い声を堪えて、ケイは言った。

「智樹。バスケットをしよう」

さぁ早く、今日という日を終わらせよう。

明日、もう一度、春埼美空に会うために。

2　春埼美空――二度目

春埼美空は、リセットと呼ばれる能力を持っている。

世界中の時間を擬似的に巻き戻す能力――より正確には、世界の状態を過去の、ある特定の瞬間に復元できる能力らしい。

だがリセットには、いくつもの制限がある。まず、彼女自身が意図的に「セーブ」した時点にしか時間を戻すことができない。改めてセーブし直すと、前回セーブした時点には戻れない。セーブの効果は、三日間で切れてしまう、など。春埼自身はその効果をあまり自覚していないけれど、「おそらくこういうものだ」と管理局から聞いた。管理局というのは、咲良田中の能力を管理している公的機関だ。能力に関する問題を取り除くのが目的らしい。

春埼が自身の能力に無自覚的なのには理由がある。それこそがリセットの、最大の問題点だ。能力で対抗しない限り、世界全体に効果を及ぼす極めて強力なこの能力は、使用者の時間さえリセットする。つまり春埼は、リセットを使用したことを覚えていられない。リセットで消えてしまった時間になにが起こったのか、春埼自身も知らない。

今回リセットによって消え去ったのは、四月二七日の午後四時三〇分から、二八日の午後四時四五分までの、およそ二四時間だ。世界は一度、四月二八日になり、リセットの効果で二七日が再現された。

四月二七日の午後四時三〇分、春埼美空は七坂中学校の近くにある小さな公園の前にいた。帰路の途中だが足を止めていた。泣き声が聞こえたことが理由だった。

そちらに視線を向けると、公園で独りきり、女の子が泣いていた。おそらくは小学校の低学年だろう、見覚えのない女の子だった。

春埼は人の感情を理解することが苦手だ。表情をみただけでは、それが笑顔なのか泣き顔なのか区別できない。瞳《ひとみ》から涙が流れているのを確認してようやく、ああこの人は泣いているのだと判断することができる。

公園の、ブランコの前にいる女の子は、間違いなく泣いていた。瞳からぽろぽろと涙が零《こぼ》れて、頬を濡《ぬ》らしていた。

春埼美空は泣いている人をみつけたとき、リセットを使う。これといった理由はない。もしかしたら昔はあったのかもしれないけれど、もう忘れてしまった。とにかく決めたのだ。春埼は人の涙を、能力を使う理由にする。

だからこのときも、リセット、とつぶやこうとした。

しかし思い出す。最近はセーブした記憶がない。セーブは三日間しか効果が持続しない。三日以内にセーブしていなければ、リセットは使えない。

仕方がなかった。

セーブ、と春埼はつぶやいた。次に泣いている人をみつけたときに、きちんとリセットできるように。

――リセットによって再現されたのは、この瞬間だった。

春埼はそのまま公園から立ち去ろうとしたけれど、一歩目を踏み出す前に声が聞こえた。甲高い、あちこちが破れたような、ノイズに似た声だった。

「あの」

泣いている少女が、そう言ったのだ。春埼は再び、そちらに視線を向ける。

悲しいという感情は、よくわからない。春埼が記憶している限りでは、泣いたこともなかった。でもなぜだか、涙が熱いものだということは知っている。それが頬を伝う感触を、なんとなく想像できる。

あるいは全部、忘れてしまっただけなのかもしれない。悲しいという感情も、かつて泣いたことも。だがともかく中学二年生の春埼美空には、泣くという行為がよくわからなかった。

小さな女の子は、涙で光を乱反射させる瞳でまっすぐに春埼をみつめている。

「私のお母さんを知りませんか？」

声は不安定に震えている。泣くと声が震えるらしい。

春埼は答えた。

「知りません」

母親どころかこの少女のことも知らない。

少女はまだ、春埼をみつめていた。他にも訊《き》きたいことがあるのかもしれない。だからしばらく待ってみたけれど、次の質問はない。ただ泣いているだけだ。

おそらくこの少女は、母親を捜しているのだろう。要するに迷子だ。

迷子に出会ったときの正しい対処法を、春埼はよく知らなかった。警察に連れて行くべきなのだろうか。だが捜索される側の人間は、できるだけ移動しない方が良いとも聞いたことがある。

春埼はもっとも効率的な方法を探す。

思いついたのは、少女を公園に残し、春埼だけで警察に向かうことだった。これなら母親がここにきても少女とすれ違うことはないし、そうならなくても彼女を警察に保護してもらうことができる。

おそらく警察には、少女の特徴を正確に伝えた方がよいだろう。そう思い当たって初めて、春埼は目の前の少女を観察した。白いポロシャツ、チェックのスカート。肩から深緑色のポシェットをさげている。髪は頬に掛かる程度の長さで、髪留めで前髪を上げている。

春埼は尋ねる。

「どこで母親とはぐれたのですか？」

少女は答えない。じっと春埼の顔をみているだけだ。

もしかしたら、はぐれた、という言葉の意味がわからなかったのかもしれない。春埼は質問を変える。

「今まで貴女《あなた》がなにをしていたのか、教えてください」

少女は、ぼそぼそと答える。聞き取りづらい声だった。

「検査で、病院に、いきました」

病院内ではぐれたのだろうか。たしかにこの公園の裏には、規模の大きい病院がある。それならまずは病院に連絡を入れるべきかもしれない。

「貴女の名前を教えてください」

この質問を最後にしよう、と春埼は思う。外見と名前がわかっていれば充分だろう。

少女は震えた声で、くらかわまり、と答えた。――クラカワ、マリ。漢字の表記まで尋ねる必要はない。

「私はこれから、病院と警察に、貴女のことを伝えてきます。きっと母親を捜してもらえるでしょう。貴女はできるだけ、ここから動かない方がよいと思います」

そう告げても少女は反応しない。でも、聞こえなかったということもないだろう。とくに難しい言葉も使っていないはずだ。春埼はその場から立ち去ろうと向きを変えた。

でも、やはり一歩目を踏み出すことはできなかった。なぜだか少女――マリが、春埼の制服の裾《すそ》をつかんだのだ。

「放してください」

と、春埼は言った。だがマリは応じない。ただ泣いているだけだ。

無理にでもこの少女の手を引き離すべきだろうか。マリが制服をつかむ力は、とても弱い。軽くひっぱるだけで問題は解決する。

だが春埼は、なぜだかそうしようという気にならなかった。マリが制服をつかむ力から、漠然としたなにかを連想していた。きっと、ずっと昔の些細《ささい》な出来事を、もう少しで思い出しそうで、思い出せなかった。

制服の裾をつかまれたまま、春埼は説得を試みる。公園にひとりでいるのが嫌なら、ここには書き置きを残し、病院で待っている方法もある。ともかくここに、ふたりで立っているのは効率的ではない。病院は母親の連絡先くらい把握している可能性が高い。

そういうことを話してみたけれど、マリは春埼の制服の裾をつかんだまま、泣き続けるだけだ。少し、困る。

春の終わりの公園だ。桜の木はすでに花を散らし、淡い緑色の葉をつけている。今年の春は、少し寒い。太陽の光は暖かだが、風は冷たかった。

春埼は制服の裾をつかまれたまま、少女がなにか喋《しゃべ》るのをじっと待っていた。


マリの母親が現れたのは、それから二〇分ほど経ったときだった。

そのころにはもう、マリの泣き声は聞こえなくなっていた。彼女は制服をつかんだまま、春埼の体にもたれかかるようにして眠っていた。

マリの母親のすぐ後ろには、春埼のクラスメイトが立っていた。相麻菫という名前のクラスメイトだ。なぜ彼女が、マリの母親と共にいるのだろう？　わからなかったが、どうでもいいことだ。ともかく母親に会えたのだから、問題はもうない。

頭を下げる母親にマリを引き渡し、春埼は公園を後にした。さも当然だという風に、相麻菫が隣に並ぶ。春埼は歩調を変えなかったし、彼女の方を向くこともなかった。

「謝らなければいけないことがあるの」

相麻菫が言った。

「貴女とあの女の子が出会ったとき、私は公園の入り口にいたの。声を掛けようかと思ったんだけど、止めた。なぜだかわかる？」

わかるはずがない。「いいえ」と春埼は答える。

相麻菫はくすりと笑う。

「貴女がどうするのか、興味があったの。だから、ごめんなさい。貴女にはなにも言わずに、私はひとりであの子の母親を捜しに行った」

それがなぜ謝らなければならないことなのか、春埼にはわからなかった。だがわざわざ確認する必要も感じない。春埼は自宅を目指して、一定の歩調で歩き続ける。

「貴女はまるで、善人みたい」

相麻菫は楽しげに、春埼の歩調に合わせて歩く。その足音に乗せるように、流れるようなリズムで続ける。

「泣いている女の子を助けようとして、服をつかまれれば振り払いもせず、眠りこんだらその身体を支えて。まるで心の優しい善人みたいだけれど、でもあの子がどうなろうと、本当は興味もないんでしょう?」

前を向いたまま、春埼は頷《うなず》く。

「はい」

あの少女の服装も、泣き顔も、きっと明日《あした》になれば忘れてしまうだろう。今日の出来事なんて、ひと月後にはもう思い出しもしないだろう。

彼女の母親が無事にみつかったことにだって、特別な感慨はない。一般的には喜ばしいことなのだろう。それはわかるが、だからといって嬉《うれ》しいわけでもない。私はあらゆる事柄に対して例外なく無関心なのだろう、と春埼は考える。

相麻菫が続ける。

「ずっと、貴女に興味があったのよ。貴女は善意を持っていない。偽善からだって、たぶんいちばん遠いところにいる。なのに振る舞いだけをみれば、まるで善人みたい。一体どうすればそんな人格が生まれるのか、とても興味があるわ」

これも春埼には、なんの興味もない話題だった。

四月二七日、午後五時。夕暮れにはまだ早いが、太陽の高度はずいぶん落ちていた。春埼と相麻の足元に、長い影が伸びている。同じ方向に、決して交わらずに。

「貴女をみていると、ふたつの白い箱を連想するの」

落ち着いた声で、相麻菫は語る。

「貴女はいつも、まっ白な部屋にいて、まったく同じ形をしたふたつの白い箱と相対している。一方だけを開かなければならないけれど、どちらが正解なのかはわからない」

春埼は「意味がわかりません」と告げた。

相麻菫は、笑みを浮かべて答える。

「つまり貴女にとって、世界はそれほど平坦《へいたん》なものだって意味よ。もしふたつの箱にそれぞれ別の色がついていたら、好きな方の色を選んで箱を開ければいい。箱の形が違ったら、その形を理由にしてもいい。だけど貴女の前にあるのはいつだって、まったく同じ形をした、ふたつの白い箱」

やっぱり、意味がわからない。

いまさらになって思い出す。相麻菫は、去年も春埼のクラスメイトだった。そのころから彼女は、唐突に現れて、奇妙に比喩的な話をした。今と同じように。

「ねぇ、春埼。私が貴女に、なにかお願いをしたとしましょう」

春埼美空は前だけをみて歩き続ける。

相麻菫は春埼の横顔を眺めながら続ける。

「それを聞き入れるか、それとも断るのかが、ふたつの白い箱。貴女は私に好かれたいとも、嫌われたいとも思っていないでしょう？　好奇心も、面倒だと思う感情も、きっと貴女にはないんでしょう？　判断の材料なんてどこにもありはしないのに、それでも貴女はどちらかの箱を開ける」

春埼は相麻菫の声を聞きながら、しかしそれを理解しようとはしていなかった。端的に言ってしまえば、理解する必要性を感じなかった。

「試しになにか、頼みごとをしてみましょう。明日の放課後、南校舎の屋上に来て」

躊躇《ためら》いもなく、春埼は頷く。

「わかりました」

相麻菫はまた笑う。

「貴女《あなた》はどうして、私のお願いを聞いてくれるの？」

「ルールに従いました」

「ルール」

「私には、いくつかのルールがあります」

誰に強要されたわけでもない、潤滑に日々を送るために春埼自身が設定したルールだ。たとえば、泣いている人をみつけたらリセットを使う。たとえば、人に頼まれたことは、別のルールに抵触しない限り断らない。

春埼美空は自身のルールに従って生きている。単純なプログラムで動くコンピュータのようなものだと思う。些細な判断にも、事前に用意されたルールが必要になる。

「ルール、ね。まぁいいわ」

相麻菫は鞄《かばん》の中に手を突っ込み、そこからなにかを取り出す。なにか――小さな、青い封筒だった。

「お願いを聞いてくれるお礼に、これをあげる」

差し出されたそれを、春埼は受け取った。

青い封筒は、丁寧に糊《のり》づけされている。切るか破るかしなければ、中身を取り出せないだろう。

「お守りみたいなものよ。困った時に、開いてみて。それから貴女のお願いを、きちんと言葉にするの。そうすると、お願いが叶《かな》うようになってるから」

信じられる話ではなかった。だが、否定する必要もない。

春埼は小さく頷いて、その封筒を鞄の中にしまう。

曲がり角で、相麻菫はふいに足を止めた。

気にも留めずに、春埼美空は歩き続ける。

背後から、彼女の声が聞こえた。

「明日の放課後、ちゃんと屋上に来てね」

足を止め、頷いて、春埼はまた歩き出した。

＊

四月二八日、水曜日。

その放課後に、春埼美空は、相麻菫の指示通り南校舎の屋上にいた。相麻からは教室を出る直前、クラス委員長の用事で遅れると伝えられていた。

春埼はフェンスの前に立ち、じっと屋上の入り口をみつめる。待つことは苦痛ではない。他にすべきこともないのだ。自宅に帰って机の前に座っているのも、屋上でクラスメイトを待っているのも、そう大きな違いはない。

背後からは喧騒《けんそう》が聞こえてくる。校庭では複数の運動部が練習をしている。その周囲を回り込み、帰宅する生徒たちが騒ぎながら歩いていく。

空はよく晴れていた。澄んだ青色の空だ。でも春埼が、そのことに感慨を抱くことはない。空を綺麗《きれい》だと思ったことはなかった。花も、風も、隣の校舎から聞こえてくる吹奏楽部の演奏も。それらがすべてこの世界から欠落したとしても、春埼の思考にはなんの影響も与えない。おそらく与えないだろう。

それは悲しいことなのだろうか、と春埼は考えた。なぜそんな疑問を抱いたのか、春埼自身にもわからなかった。

わからないことは苦痛ではない。クラスメイトを待つのと同じように。あらゆる疑問は時間が経てば、いずれ解消されるだろう。答えが出るか、あるいは疑問そのものを忘れてしまうか、そのどちらかの結末で。

五分経っても、一〇分経っても、屋上には誰も現れなかった。

ほんのわずか、風が吹いた。その程度の理由だったのだと思う。春埼は何気なく、視線を動かした。グラウンドの向こう、学校の前の通りへと。

そこに、見覚えのある女の子がいた。

ひとりきりの屋上で、春埼美空は彼女をみつけた。

――クラカワマリ。

その名前をスムーズに思い出せたことが、少し意外だった。だがその理由にも思い当たる。彼女はまた、泣いていた。昨日、公園でそうしていたのと同じように。躊躇いもなく涙をこぼしていた。

距離が遠いせいだろうか、泣き声までは聞こえない。

顔を歪《ゆが》めて、涙をこぼしながら、マリはよろけるような歩調で通りを歩いていた。

昨日、マリをみつけたとき、セーブしたことは覚えている。今回は問題なくリセットできるはずだ。

ため息のような口調で春埼はつぶやく。

「リセット」

しかし春埼の視界は、なんの変化もしなかった。グラウンドからは喧騒が、隣の校舎からは吹奏楽部の演奏が聞こえていた。そしてマリはひとりきり、泣きながらよろよろと歩いていた。

二四時間が経過して、春埼はようやく、自身がリセットを使ったことを知る。

能力が発動しないなら、おそらくそういうことだ。管理局から聞いているルールに沿って考えると、ほかの答えはない。

――おそらく私は、リセットしてから、同じ行動を繰り返したのだ。

およそ二四時間前に、すでにこの時間を体験していて。この屋上から泣いているクラカワマリをみつけて、そしてリセットを使ったのだろう。一度リセットを使ってしまうと、セーブはその効果を失う。また新たにセーブし直す必要がある。

今までに、何度も経験していることだった。リセットを使おうとして、実際に使えた記憶なんかない。リセットが発動したとき、春埼はその効果で自身の記憶を失う。そして同じ行動を繰り返し、二回目はリセットに失敗する。リセットを使おうとして、だがそれができなかった記憶だけが春埼美空には蓄積される。

たまに、疑問に思うことがある。

――本当に私は、リセットと呼ばれる能力を持っているのだろうか？

管理局がわざわざ嘘をつく理由にも思い当たらないから、おそらくあるのだろう。だがその管理局はリセットを、春埼ひとりではまったく無意味なものだと評価した。それはそうだ。リセットとただ一言つぶやくだけでは、世界はなにも変わらない。そんなことで少女の涙が、消え去ったりはしない。

マリはまだ、泣いていた。

彼女の元に行くべきだろうか？　制服の裾《すそ》をつかまれるために。そうすることに、リセットと呟《つぶや》く以上の意味はあるだろうか？　これはルールに規定がない。

やがて、通りの反対側から、マリの母親が現れるのがみえた。もうすぐふたりは出会うだろう。ふたりが出会ったとき、マリは泣き止むだろう。

リセットも、制服の裾も関係なく。春埼が関与しないまま、彼女の悲しみは解消されるだろう。

どうでもいいことだ。

背後で、扉が開く音がする。春埼が振り返るとそこに、相麻菫と、そして春埼の知らない男子生徒がいた。

3　浅井ケイ――二度目

浅井ケイにとっては二度目の四月二八日、水曜日。

放課後になるとすぐ、ケイは英和辞典をつかんで、教室を出た。

リセット前のこのとき、ケイは教室でしばらく時間を潰《つぶ》してから屋上に向かった。だが今回は違う。二年一組の教室を目指して、足早に歩く。中野智樹、相麻菫、そして春埼美空が所属するクラスだ。

春埼に会う前に、確認しておきたいことがある。

どうしてケイを呼び出した先に、相麻ではなく春埼がいたのか。なぜ春埼がリセットとつぶやき、その瞬間、時間が巻き戻ったのか。それらの出来事に、どれだけ相麻が関与しているのか。

廊下の向こう、目的の教室から、中野智樹が現れる。彼はこちらに気づき、片手を上げる。

「よう、ケイ」

「やあ。これ、貸してあげるよ」

ケイは英和辞典を彼の胸元に押しつける。

「ん？　辞書？」

「部活で使うんでしょ」

「おお、そうだった。なんで知ってんだ？」

時間が巻き戻る前に聞いたからだ。だが、事情を説明するのも面倒だった。

「色々あるんだよ。ところで相麻さんは、まだ教室にいるのかな」

「ああ、いたよ。呼んでくるか？」

「いや、いい」

そこにいるなら問題ない。教室には扉がふたつあるが、廊下に立っていれば両方が視界に入る。ケイはその扉を気にしながら、智樹と雑談をして時間を潰す。

部活動について、音楽について、気になっている映画について。

ふいに、頭の中に、声が響いた。目の前でアクション映画について語っている、中野智樹と同じ声だった。

――ケイ、頼みがあるんだ。教室で待っててくれないか？

リセット前に聞いたものとまったく同じ言葉だ。

今までだって、そうだった。智樹が使った能力は、時間が巻き戻っても効果を発揮することを、ケイは経験的に知っていた。今みたいに一度目の四月二八日に届いた声は、二度目の四月二八日にも聞こえる。

確認のために、ケイは尋ねる。

「智樹。今、このタイミングで声が届くように、僕に能力を使った？」

彼は怪訝《けげん》そうに首を捻《ひね》る。

「いや。どうしてだ？」

「ちょっとね」

リセットで智樹の能力は消えない。効果が矛盾する形で複数の能力が使われた場合、より強度が強い能力が効果を発揮するといわれる。智樹の決まった時間に声を届ける能力は、春埼のリセットに優越するということだろうか。少なくともケイの記憶保持は、リセットよりも強度が高いはずだ。だからリセットで消えた時間を思い出せる。

ほかにも春埼のリセットより強度が高い能力はあるはずだ。管理局はそのことをどう考えているのだろうか。バグのような、危険なことは起こらないか？　リセットの効果を正確に知りたい。どうすれば、あの能力の情報が手に入るだろう？

考え込んでいると、二年一組の教室から、相麻菫が現れた。彼女はこちらに気づいた様子もなく、背を向けて歩き出す。

ともかく今は、相麻のことを優先しよう。

「ごめん、智樹。ちょっと用ができた」

「ん、ああ。オレもそろそろ、部活の時間だ」

軽く手を振って智樹と別れ、ケイは歩き出す。足音を潜め、少し距離を置き、相麻菫の背中を追いかけて。

彼女はまっすぐに廊下を進む。先は東校舎だ。理科室や美術室なんかの、特別教室が入っている。人の少ない方向だった。

周りに人がいなくなると、足音が気になった。できれば相麻の目的がなんなのかを知りたかったが、気づかれずについていくのは難しいかもしれない。

相麻は棟の奥にある、上り階段に足をかけた。ケイもそっとその階段に近づく。ひとつ上の階にある音楽室から、かすかに吹奏楽部の演奏が聞こえた。

階段を上り、廊下の先に視線を向けたとき、不意に相麻と目が合った。彼女はすぐ目の前で立ち止まり、微笑を浮かべている。

「こんにちは、浅井くん」

やはり足音が聞こえていたのか。いつからこちらに気づいていたのだろう？　内心でため息をつきながら、ケイは尋ねる。

「なにをしているの、相麻さん」

「クラス委員長の用事よ」

「こんなところで？」

ただの廊下の真ん中で、いったいなにをするというのだろう？

相麻は軽く首を傾げる。

「別に、場所はどこでもよかったのよ。南校舎の屋上でさえなければ」

「どういうことかな？　こんなものを出しておいて」

ケイはポケットから、靴箱に入っていた手紙を取り出してみせる。白い封筒にハート形のシール。でもそのハートは、すでに半分に破れてる。

「それ、可愛いでしょ。どきどきした？」

「君の名前を見つけるまではね」

「ずいぶん探しまわったのよ。靴箱に入れるには、ぴったりだと思って」

「封筒の良し悪しはよくわからないけどね。呼び出しておいてその場にいないっていうのは、ちょっとひどいんじゃないかな」

相麻は柔らかく微笑む。

「ごめんなさい。どうしても貴方《あなた》とある女の子を、ふたりきりで会わせたかったの」

「それが、クラス委員長の仕事？」

「そう。半分くらいは、私の都合だけど」

まったく意味がわからなかった。

「君が僕に会わせたい相手っていうのは、春埼さんかな？」

そう尋ねると、彼女は細い顎《あご》を少しだけ動かして頷《うなず》いた。

「ええ、その通り。どうしてわかったの？」

「色々あるんだよ」

一日ぶん時間が巻き戻ったことについて、詳しく説明するつもりはない。相麻が春埼の能力を知っているのかも判断がつかなかった。

ケイは尋ねる。

「僕と春埼さんを会わせることが、どうして委員長の仕事になるのかな？」

相麻はにっこりと笑う。

「あんまり彼女と親しい人っていないのよ」

「それで？」

「貴方と春埼を会わせてみたら、友達になるかなと思って」

南校舎の屋上に行きましょう、と言って、相麻は歩き出す。

ケイは彼女の隣に並んで、ため息をついた。

「それが、クラス委員長の仕事だとは思えない」

「そう？　クラスのみんなの人間関係に気を配るのは、わりと重要な仕事だと思うけれど」

「僕は君のクラスの人間じゃない。春埼さんに友人を作りたいんなら、君のクラスの中でどうにかして欲しいね」

「不可能よ」

微笑んだまま、声の質をまったく変化させず、相麻菫は断言した。

「あの子の友達になれるような人が、そうそういるわけがない。私のクラスには、きっとひとりもいない。だったら他のクラスから選ぶしかないでしょ」

「二年一組には、智樹がいるよ。中野智樹。人と仲良くなることは、僕よりもずっと上手《うま》いはずだけどね」

「普通の女の子が相手なら、中野くんでいいのかもしれないけれど。春埼は無理よ。あの子はとっても変わっているから」

「なら君はどう？　相麻さん」

「私？」

「君が、春埼さんの友達になればいい」

「難しいわね。頑張ってみるけれど、たぶん無理だと思う。私と彼女は、とっても相性が悪いのよ。砂漠でほんの少しの水を奪い合う猫とカラスみたいに」

相麻は仄《ほの》かに笑みを浮かべたままで、「きっと、彼女と友達になることはできない」と言った。

なんだかそれは、意外な言葉だった。なぜ意外なのかわからない。ケイは相麻のことを、それほどよく理解しているわけではない。それでも、なにかが意外だ。――彼女と友達になることはできない。抵抗のある言葉だ。

ふたりは向きを変えて東校舎を進み、渡り廊下に向かう。

ケイは尋ねた。

「春埼さんが友達を作りにくいタイプだっていうのはわかるよ。でもどうしてその相手に、僕を選んだのかな？」

「とっても相性が良いからよ」

「その根拠は？」

「だって、貴方と彼女は似ているから」

智樹にも言われたことだ。顔をしかめてケイは尋ねる。

「一体、どこが似てるのさ」

「価値観、雰囲気、人格、思考。そういうのを統合した、漠然としたなにか。それは水と氷の関係に似ているけれど、少し違う。あるいは空気と真空かもしれないし、信仰と法律かもしれない。でも、そうね。重力と引力――これがいちばん、しっくりくる」

まったく、わけがわからない。

「少なくとも、空気と真空が似ているとは思えない」

「そう？　透明な箱に入れて飾ったら、どちらも同じようなものじゃない」

「そんなことは本質じゃないよ。空気と真空は、三日月とバナナよりも違う」

「つまりは、そういうことよ。貴方たちは、本質が少し違う。でもきっと、近づけると、とても自然に混ざり合うわ。空気が真空に淡く広がるように」

ケイは首を振った。

「まったく具体性がないね」

「そうね。シンプルに表現するなら――」

同じ話題で、智樹は「いろんなことに心がこもってない」と言った。

相麻は微笑んで、

「とても真面目に生きているところが、そっくりなの」

声だけは冷たく、そう言った。

中野智樹とは真逆の評価に思える。

「浅井くん。貴方が春埼と親しくなりたいなら、協力してもいい」

「僕が彼女と仲良くなることに、意味があるのかな」

「あるわよ。貴方たちが、ふたりでいることには大きな意味がある。そうね――」

相麻はケイの耳元に口を寄せて、小さな声で囁《ささや》く。

「春埼が持っている能力の効果を、教えてあげましょうか?」

鼓動が跳ねる。相麻菫は、なにを、どこまで知っているのだろう? なにもかもをすべて知っているような気さえする。

「彼女の能力を、知っているの?」

「ええ」

「どうして?」

相麻が浮かべる、笑みの種類が変わる。不思議の国のアリスに出てくるチェシャ猫みたいな、意地が悪そうな笑顔に。

「適切な意思を持ち、適切な場所にいたなら、欲しい情報は手に入るものなのよ。自動的に、なんだって」

まったく答えになっていない。

それを指摘する前に、彼女は話を戻す。

「ねぇ、浅井くん。引力と重力の違いはなに？」

「引力は、他の質量から受ける力だ。重力は、引力に遠心力なんかの、別の力が加わった場合の合計の力だ」

たとえば地球が様々なものをひきつける力が引力で、引力に地球の回転で生まれた遠心力を合わせた力が重力だ。だから重力は、遠心力のぶん、地球の中心から赤道の方向に少しずれている。

相麻は頷く。

「春埼さんは引力みたいに、純粋なひとつの力。貴方はそこに、別の方向の力が加わっている。つまりは、重力」

「彼女の方が純粋だってことは、認めるよ」

「でも貴方の方が、本来の力は強い。せめぎあっているぶん、少し削れてもいるけれど」

ふたりは渡り廊下を通って校舎を移動し、階段を上った。

南校舎の、もっとも高い場所。相麻は屋上へと続く扉を開く。

音を立てて、風が吹いた。

扉の先では、髪の長い女の子が、こちらに背を向けて立っていた。

あの、泣いている少女をみているのだろうか？　時間が巻き戻る前に、諦《あきら》めにも似た声で「リセット」とつぶいたときと同じように。

ゆっくりと振り返った春埼美空の顔は、あらゆる感情を否定するように、無表情だった。

＊

四月後半の日差しは暖かだが、風が吹くとまだ少し寒い。

屋上の隅に座り込み、南の空を見上げて、相麻菫は言った。

「私たちは、話をしましょう」

ため息をついて、ケイは尋ねる。

「話って、どんな？」

「なんだっていいのよ。そうね、たとえば私は、一年を四つの季節に分けることに、なんだか抵抗があるの」

ケイは手すりにもたれ掛かる。

「でも、季節は有益だよ。八月の暑さを夏のせいにすることだってできる」

「夏を否定しているわけじゃないのよ。ほら、桜は散ってしまったし、もうすぐ四月が終わるでしょ？　私はそこに、春の終わりを感じる。でも夏はまだ遠すぎる」

相麻は春埼をみて尋ねた。

「ねぇ、これから訪れようとしている季節はなに？」

春埼はゆっくりとまばたきをするくらいの時間を置いて、答える。

「来週末は、立夏です」

立夏は、夏の気配を感じる時季とされる。暦の上では、この日から夏が始まる。

相麻は微笑んだ。

「そう。夏は思っていたよりも、ずっと近いところにあるのね」

それから彼女は、もう一度、空を見上げる。

ケイもなにげなく、同じ方向に視線を向けた。

四月末の、南の空。それは春と夏の間にある。無重力を連想させる春の淡い空から、強い吸引力を持った夏の深い空へと移り変わる途中の空だ。

その空はどちらかというと、春の淡さをより多く残しているように感じた。夏は来週末よりも、もう少し遠いところにあるような気がした。

「じゃあ、もうすぐ訪れる夏を、私たちはこの場所で過ごしましょう」

と、相麻菫は言った。

「何度も何度も、この屋上で顔を合わせて。互いを理解するために、いろんな言葉を交換しましょう」

ケイは軽く、首を傾げた。

「そうすることに、意味はあるかな？」

興味のないふりを装いながら、ケイは考える。

相麻の提案は、魅力的だ。春埼美空が時間を巻き戻す能力を持っているのであれば、ぜひとも親しくなりたい。

だが一方で、相麻がなにを考えているのかがわからない。クラスの委員長だから春埼に友達を作りたいだけなのだとは、とても思えない。

「意味」

ケイの言葉を反復して、彼女は微笑む。

「そんなものは、それぞれが勝手にみつければいいじゃない。私たちは、ただ会って話をするの。電線に並ぶスズメみたいに、ほんの羽休めとして一緒にいるの」

「目的のない行動は嫌いだよ」

「そ。じゃあなにか適当な意味をつけ足すわ」

彼女は少しだけ思考するような時間を置いてから、言った。

細い顎《あご》を上げて南の空を眺めながら、落ち着いた声で。

「私たちの中に、アンドロイドがいると仮定しましょう」

「アンドロイド？」

「ええ。人に似せて作られた、人工的な誰か。それはまるで人間そっくり。手を握っても、キスをしても、血液を調べても、人工物だとはわからない。他者への共感の度合いを測定して、ようやくそれが人間とは別物なのだと推測できる。なにか、そういう小説があったわよね？」

　ため息をついて、ケイは答える。

「アンドロイドは電気羊の夢を見るか？　――フィリップ・K・ディックが、一九六八年に書いた」

「そう。あの物語に出てくるアンドロイド。私たちのうち、誰かひとりがあのアンドロイドだったと仮定しましょう」

　SF小説に出てくるような、精巧なアンドロイドなんて実在しない。

「その仮定の意味は、なんだろう？」

「ただの質問よ。――アンドロイドは、だれ？」

「それが、意味のある質問なのかな」

「ええ、きっと。アンドロイドはだれなのか。いったいどんな根拠で、それを主張するのか。じっくり考えて答えを出すのが、私たちが三人で集まる、とりあえずの意味にしましょう」

　ケイは軽く、肩をすくめる。

「脊椎《せきつい》を調べてみればいい。電気羊のアンドロイドは、それで判別できることになっている」

「それじゃあ、仮定の意味がないでしょう？　私たちは全員、ただの人間よ。その中で思考して、誰がアンドロイドなのかを予想するの。そして夏の終わりに、答え合わせをしましょう」

アンドロイド。

その言葉で、最初に連想するのは、春埼美空だった。

表情がなく、意思というものを感じさせない少女。彼女について、ケイはほとんど情報を持っていない。でもなんだか、彼女はいくつかのプログラムに従って行動しているだけのようにみえた。まるで人工的に作られた存在みたいに。

春埼美空は今だって、ケイや相麻から少し離れた位置にひとりで立っている。三人で会おう、と相麻は言っているのに、春埼はまるで当事者にみえない。

つまり相麻は、春埼について考えろと言っているのだろうか？

屋上で何度も顔を合わせて、春埼美空を理解していく。その行為には、たしかに意味がある。

彼女を――時間を巻き戻す能力の持ち主を、できることなら読み解きたい。

「春埼も、それでいいかしら？」

と、相麻は尋ねた。

春埼はわずかに首を傾げる。

「私はその本を読んだことがありません」

「なら、読んでみて。今度貸してあげるわ」

「はい」

気がつけば日が暮れかかっていた。

夕陽に照らされて、

「夏が始まるころに、私たちはまた、ここで会いましょう」

と、相麻菫は言った。

二年後／八月三〇日（水曜日）

高校一年生になった浅井ケイと春埼美空は、テトラポットの上にいた。ふたりで並んで、夕焼けを眺めていた。

ケイはただ息を吐くようにつぶやく。

「相麻は、未来を知る能力を持っていた」

隣で春埼が、視線を動かすのがわかる。

「つまり、二年前の夏に起こったことを、知っていたということですか？」

「なにもかも全部、彼女は理解していたんだろうと思うよ」

あの夏に起こったことは、逃れようのない運命のようなものだったのかもしれない。相麻菫の意図にかかわらず、どうしようもなく起こったことなのかもしれない。だがもちろん彼女が意図的に計画し、実行した、人為的な出来事だった可能性もある。

どちらにせよ相麻菫の周囲で起こったなにもかもを、彼女は初めから知っていたのだろう。たとえば二年前の四月二八日、南校舎の屋上に春埼美空を呼び出せば、リセットを使うことを知っていた。手紙を一通出すだけで、ケイがその現場に遭遇することを知っていた。ケイがリセットという能力に、大きな興味を示すことも。それをきっかけにあの屋上での空間が築かれることも。相麻菫には初めからわかっていた。

ポケットの中の黒い石に触れる。マクガフィンと名づけられた小石だ。

きっと、これも同じようなものなのだ、とケイは思う。おそらく物質としては、これは本当にただの石なのだ。だが相麻菫は、この石にまつわる噂話を作った。——マクガフィンの持ち主は、咲良田中の能力すべてを支配する。なんの根拠もない、ただの噂話。

その噂の効果は、絶大だった。

ただの黒い石はマクガフィンとなり、ケイと何人かの能力者たちを結びつけた。ひとりは村瀬《むらせ》陽香《ようか》。触れたものを消し去る能力を持った女の子。ひとりは佐々野《ささの》宏幸《ひろゆき》。写真に写った風景を、再現する能力を持った初老の男性。

このふたりと、さらに相麻がケイに紹介したふたりの能力を組み合わせたとき、これまで管理局さえ不可能だと考えていた能力の遣い方が可能になる。

死者の再生。

つまりは、二年前に死んでしまった相麻菫の再生。

いや、本当にこれが、死者の再生なのかはわからない。ケイには判断がつかない。だが佐々野の写真によって再現された過去から、相麻菫を連れ出すことはできる。

ケイは尋ねる。

「春埼。マクガフィンという言葉の、本来の意味を覚えているかな？」

小さな動作で、春埼は頷《うなず》く。

それから、以前ケイがした説明をなぞるように答える。

「マクガフィンとは、演劇や映画などの用語です。主人公が物語に関わるきっかけとなるアイテムが、マクガフィンと呼ばれます」

ケイは頷く。

押しつけられた謎のアタッシェケース。差出人不明の奇妙な手紙。そういった、主人公を物語に関連付けるためのアイテムがマクガフィンだ。

「この小石が持っている意味は、きっとそれだけのことだったんだよ。相麻菫が計画した、自身を再生させる物語に、必要な登場人物を関わらせるためだけの小道具だったんだ」

ただの小石に噂話をひとつ乗せるだけで、彼女は複雑なストーリーを作り上げた。未来を、自身の望む方向に捻《ね》じ曲げた。

驚異的だ。未来視という能力を持っていたとしてもなお、それはあまりに驚異的なやり方だ。

――でも、それくらいのこと、相麻ならやってみせる。

そう考えて、ケイは内心で笑う。この感情は、言ってみれば、信頼だ。

相麻菫という、中学二年生の女の子に抱いた信頼。彼女の行動にはすべて明確な意図があるのだと信じている。なぜだろう？　相麻をこれほど強く信じる根拠なんて、なにもないはずなのに。

でも、ケイは確信していた。

——なにもかも、些細《ささい》な偶然にみえることまで全部、相麻菫は意図している。

それはたとえば、彼女が微笑むタイミング。こちらに顔を近づけ、そっと囁《ささや》き、それから体を離す動作のひとつひとつ。そのすべてに的確な意図がある。強力にこちらの未来を縛りつける。もちろん、アンドロイドはだれなのかという問いにだって。

長い沈黙のあとで、春埼は言った。

「ケイ。貴方《あなた》はなんだか、少し嬉《うれ》しそうです」

そうかもしれない。ケイは微笑んで、頷く。

「ずっと疑問だったことに、ようやく答えが出そうなんだ」

春埼に視線を向ける。彼女はもう、夕陽をみていなかった。

まっすぐにケイの瞳《ひとみ》を覗《のぞ》き込み、彼女は言った。

「でも、なんだかとても、悲しそうです」

ケイは、今度は首を振った。

否定ではない。あるいはそれは、より明確な悲しみの肯定なのかもしれない。

泣き出してもよかったのだ。涙が零《こぼ》れたところで、違和感はない。でもケイは変わらず微笑んでいた。悲しいのにいつものように、まるで人間そっくりの、人間ではないなにかみたいに。

「ようやく出る答えが、もしかしたら、とても悲しいものかもしれないんだ」

微笑んだまま、そう答えた。

二年前はあれほど無表情だった少女が、今は躊躇《ためら》うように息を呑《の》む。切実な表情でこちらをみつめて、口を開く。

「その疑問とは、なんですか？」

決まっている。そんなの。

「相麻菫は、なぜ死んだのか」

彼女の死は事故として処理された。ただの不幸な出来事として。

ケイはそのことに以前から違和感を覚えていた。リセットを使う前、相麻は生きていた。でもリセットを使ったあとで、死んだ。ケイの知らないところで未来が変わってしまった。いったいどうして？

彼女の能力を知って、確信した。

「未来視なんて能力を持つ彼女が、事故で死ぬはずなんて、ないんだよ」

相麻菫は、あの死を回避できたはずなのだ。なのに受け入れた。複雑な方法で自身を再生する準備を整えて、わざわざ死んだ。いったいそこに、どんな意味があるというのだろう？きっとその答えがもうすぐわかる。

春埼はまだ目をそらさずに、ケイの瞳を覗き込んでいる。ケイは微笑んで、彼女の顔をみつめ返す。

耳の奥で、相麻菫が囁く。――アンドロイドは、だれ？

二年前の夏、ケイはずっと、その問いについて考えていた。だがそれが間違いだったのだ。考えるべきなのは、アンドロイドが誰なのかなんて問題ではない。

なぜ相麻が、そんな疑問を口にしたのか。

そこに至った思考を、彼女の感情を、もっときちんと考えなければならなかった。

ケイは目を閉じる。夕焼けの光はまぶたの向こう側からケイを照らす。

記憶の中で、二年前に死んでしまった少女が笑っている。

2話　アンドロイド・ガール

あの頃。

春埼美空がリセットと呼ばれる能力の持ち主だと知った日から、浅井ケイは彼女のことばかり考えて過ごした。

彼女でも真夜中に、漠然とした不安感に襲われることがあるのだろうか。そんな夜はどんな風に眠り、どんな夢をみるのだろうか。あの唇でリセットとつぶやくとき、なにを期待していて、なにを諦《あきら》めているのだろうか。

ケイには春埼美空のことがわからなかった。彼女の価値観も、哲学も、なにを愛してなにを嫌うのかもわからなくて、だから春埼美空のことばかり考えて過ごした。

五月に入り、ゴールデンウィークが過ぎ去って、夏が始まる。それはまだカレンダー上で立夏を迎えたという意味しかもたない夏だ。日差しは柔らかく、空の青は透き通っている。雲も立体的に積み上がることはなく、薄く引き延ばされて散らばっている。夜になると暑さよりも肌寒さをまだ感じる。それでもともかく立夏を過ぎて、そのころから相麻菫は、ケイと春埼を南校舎の屋上に呼び出すようになった。平均すると、一週間に二度よりは多く、三度よりは少ないペースだった。

三人で屋上に集まり、とりとめのない話をした。愛について、希望について、人生について。そういう、教室でするには気恥ずかしいことだって話した。ケイはその時間が気に入っていた。相麻菫にも春埼美空にも、それぞれ別の意味で言葉を選ぶ必要がなかった。

彼女たちと屋上で顔を合わせるたびに、あの夏は進行した。太陽の光が鋭く尖《とが》り、空がより深く重みをもった青に塗り替えられて、制服が半袖《はんそで》に変わった。

数週間を共に過ごしても、春埼美空のことはやはりよくわからなかった。けれどリセットという能力については、ほぼ詳細を知ることができた。春埼はリセットの情報を隠そうとはしなかったし、どれほど複雑な能力だったとしても、女の子をひとり理解するよりはずっと簡単だ。

春埼美空の能力は、厳密には、時間を巻き戻すものではない。リセットという名前の通り、あくまで配置し直す能力だ。配置し直すことで、過去の世界を正確に再現する。

一部の時間を、完全に消し去っているわけではない。ただ、みんな、忘れてしまうだけだ。だからケイの能力があれば、リセットを使う前の記憶を思い出すことができる。中野智樹の能力は、リセットされた後でも効果を発揮する。

春埼の能力は強力な反面、いくつもの制限があるようだ。

たとえば事前にセーブしていなければ、リセットを使うことができない。セーブの効果は七二時間で切れてしまう。つまりリセットで巻き戻せる時間は、最大でも三日ぶんということになる。

加えて、リセットしてから二四時間が経過しなければ、再びセーブし直すことはできない。もっとも効率よくリセットを使い続けたとしても、三日に一日の速度で日づけは進んでいく。

ケイがもっとも驚いたのは、リセットの効果が春埼美空自身にも有効だ、ということだった。リセットを使い、三日前の世界を再現したとき、春埼の記憶まで三日前に戻ってしまう。彼女はその三日間の出来事も、リセットを使用したことも覚えていない。

この奇妙な特性を知ったとき、ケイは笑わずにはいられなかった。とても大きな幸運を感じた。

春埼美空のリセットは、浅井ケイの記憶保持がなければ意味をなさない。

——僕たちの能力はまるで、対になることが約束されているみたいじゃないか。

ケイが春埼の能力を欲するように、春埼もまたこちらの能力を利用したいと考えるだろう。そう思った。

大きな勘違いだった。

1　六月上旬

「僕たちは、協力し合おう」

六月七日、月曜日の放課後に、ケイはそう提案した。相麻は別のだれかに会う予定があり遅れるそうで、屋上にはケイと春埼しかいなかった。

「僕と君の能力が揃えば、大抵のことはできる。いろいろな問題を、きっとずいぶんあっさり乗り越えられるようになる」

しかし、ケイの能力を知っても、春埼の表情に変化はなかった。

相変わらず感情がみつからない、静かな動作で首を振った。

「それは嫌です」

春埼がこれほどはっきりと否定の意思を示すのは、初めてだった。これまでなにを言っても、たいていは「好きにすればいい」といった様子で頷《うなず》いてばかりいた。ケイは尋ねる。

「どうして？」

マニュアルを読み上げるように、春埼は淡々と答える。

「ルールに従いました」

それだけですべての証明が終わったのだという風に、後は無言だった。

「そのルールについて、詳しく教えて欲しいね。どこの誰が、どんな意図を持って作ったルールなのかな？」

「私が、物事を判断する指針として作ったルールです」

「内容は？」

「いくつかあります。例えば、周囲の環境に強い悪影響を与える可能性がある事柄を、私は否定します」

周囲の環境に強い悪影響を与える可能性。なんだか本当に、マニュアルみたいな言い回しだ。

「僕たちが協力し合うと、問題が起こるってことかな？」

「その可能性はあります」

「どうして？」

春埼は感情のない瞳《ひとみ》をこちらに向ける。

「貴方《あなた》だけが、一方的にリセットの効果を利用できるからです」

敵意も悪意もない、呆《あき》れるくらいに平淡な声で、彼女は告げる。

「リセットしたとき、私はその記憶を失います。貴方の嘘にも気づけません。あまりに貴方が、主導権を持ち過ぎます。そして貴方を信用する根拠が、私にはありません」

「なるほど、その通りだね」

春埼美空は、愚かではない。人を疑うことを知らないわけではない。きっと普段は、その必要を感じていないだけなのだろう。

少し考えて、ケイはまた口を開く。

「春埼さん。君は四月二八日の放課後に、この屋上でリセットを使ったね？」

「はっきりとは記憶していません」

「僕たちが初めて出会った日だよ」

「はい。おそらく、使ったのだろうと思います」

「あのとき、どうして君は、リセットを使ったのかな？」

「女の子が、泣いていました」

「女の子が泣いていると、リセットを使うの？」

「誰であっても、泣いている人をみつけたとき、リセットを使うことになっています」

使うことになっている。

とても受動的な言い回しだと、ケイは思う。自身で決めたことさえ、この少女は受動的に語る。

「それも君が設定したルールなんだよね？」

「はい」

「でも、春埼さん。君がひとりでリセットを使うことは、無意味だ。きっと君がリセットを使っても、女の子が泣きやんだりはしない」

「はい。おそらくは」

「ならどうして、君はそのルールに従うのかな？　僕には理解できない」

やはり普段通りの口調で、彼女は答えた。表情もなく、抑揚もなく、ただ事実だけを読み上げるように。

「無意味であることが、ルールを破る理由にはなりません」

息を呑《の》む。この少女の言葉が、あまりに鋭利に聞こえたから。

それからケイは、自身の愚かさを内心で笑った。この少女を、少しも理解できていないのだ。そのことをまた自覚する。

春埼美空には人間味がない。さすがにそんなことは初めて会ったときからわかっているつもりでいたけれど、でも違った。彼女の欠落は、思っていたよりもずっと深い位置にある。

普通、人は、無意味になんて耐えられない。無意味だと感じながら繰り返す行動は、本質的に無意味ではない。本人にだけはわかる楽しみや、安らぎや、満足感が、そこにはあるはずだ。

なのに春埼美空は違う。

コンピュータが理由も知らないまま設定された計算をいつまでも続けるように。この少女は、自身に課したルールを、どこまでも守り続ける。おそらくは致命的なエラーが生まれるまで、ずっと。それはまるでアンドロイドみたいに。人工的に設定された、人間によく似たなにかみたいに。

過去のどこかで、春埼美空は意図的に自分自身を設定したのだろう。ルールという言葉で、自分自身をプログラミングしたのだろう。だからこの少女は、あまりにも人工的だ。

思わず笑いが込み上げてきた。声には出さなかったけれど、心の底から笑う。

「春埼」

ケイは初めて、彼女を春埼と呼んだ。春埼さん、と呼ぶ事を止めた。

「そう遠くない未来に、僕はきっと君の信頼を勝ち取ってみせるよ」

静かな口調で、彼女は答える。

「私は今まで、誰かを信頼したことはありません」

「そうか。じゃあ、僕が一人目だ」

胸を張って、自信を持って——そうみえるように意識して、告げる。

春埼は相変わらず無表情で、ケイは笑っていた。

屋上に相麻が現れて、この会話は終わった。

その日の帰り道、ケイは相麻と並んで歩いていた。

いつものことだ。途中まで彼女と帰り道が同じだから、こうなる。

「ケイ。春埼とは仲良くなれた？」

ゴールデンウィークが終わったころから、相麻はケイを下の名前で呼ぶようになっていた。とても自然に、それが当然なのだという風に。

首を振って、ケイは答える。

「どうかな。ちょっと難しい」

「へぇ。貴方でも難しいなんて言葉を使うのね」

「できるだけ使いたくないけど、彼女に限ってはね。どこにも答えなんてないんじゃないかってくらいに、難しい」

「そう？　とてもシンプルな子だと思うけれど」

「シンプルなのが、問題なんだ。シンプルすぎるものは、複雑すぎるものと同じくらい、理解するのが難しいんだと僕は思う。――たとえば相麻は、誰かを好きになったことはある？」

彼女は頷く。

「あるわよ。とても深く。他のなにもかもがどうでもよくなってしまうくらい、好きな人が私にはいるの」

少し意外な回答だったけれど、そんなことに構ってはいられない。

ケイは尋ねた。

「好きだという感情は、複雑かな？」

相麻は首を振る。

「私は、シンプルだと思う。とてもとても、シンプルなものだと思う」

「僕もだよ。好き。たった二文字だ。でも人を好きになるという感覚をまだ知らない相手に、それを言葉で伝える方法がわからない」

あらゆる言葉で説明しても、きっとなにかが足りないのだと思う。

相麻菫は笑う。それから、低く抑えた口調で言った。神さまが、世界の真理について確認するような声だった。

「そういうときは、なにも言わずに抱き締めればいいのよ。心の底から、愛を込めて」

ため息をついて、ケイは答える。

「そんな話をしてるんじゃない」

「同じことよ。シンプルなものを、複雑に考えてはいけない。それはシンプルなまま発信して、シンプルなまま受け入れるべきでしょ」

「シンプルなものを、受け入れることができなければ？」

「どうしようもないわよ。いつか受け入れられるようになるまで、忘れてしまうのがいちばんいい」

その通りかもしれないが、でもそれではなにも進展しない。

「つまり春埼のことは、一度忘れた方がいいってことかな？」

彼女の思考はきっと限りなくシンプルで、だからケイには読み解けない。

相麻は一度だけ首を振る。

「違う。きっと貴方《あなた》は、もうあの子を受け入れている」

「どうしてそう思うの？」

前方で、信号が赤に変わる。

足を止めて、相麻は答える。

「実は私、少し会話をするだけで、相手のことがわかる能力を持っているの」

「能力？」

「ああ、いえ。ややこしいわね。咲良田にある、不思議な力のことじゃなくって。そういう意味では、私はなんの能力も持っていない」

彼女の言葉に嘘はないだろう、とケイは思う。

咲良田にあるすべての学校では、年に二回の割合で能力の有無を調べる検査がある。身体測定や健康診断と同じように、管理局から必要な職員がやってきて、能力を用いて詳細に調べられる。現状では相麻は、その検査でも無能力だということになっているはずだ。

「ともかく私は、貴方と春埼のことを、それなりによく知ってると思う」

「へぇ、興味深いね。どんなことを知っているのかな？」

「たとえば、ケイ。貴方はどうして、春埼と親しくなりたいと思っているの？」

「リセットという能力を手に入れるために」

彼女の人格は稀有《けう》だと思うけれど、興味の本質はそこにはない。ただの便利な道具として春埼美空が欲しい。ひどい答えだ、とケイは思う。でも本心を短くまとめると、こんな風にしかならない。

叱られても仕方がないけれど、相麻の表情に嫌悪感は混じらなかった。肯定的な笑みを浮かべたままで、彼女は答える。

「こんな質問に、貴方は悪ぶって答える人よ。それは貴方の中の正義感がとても強いから。潔癖症とも、完璧《かんぺき》主義とも表現できるくらいに」

「そんなことはない。正義なんて、言葉の意味もよく知らない」

信号機が青に変わる。ケイと相麻は、同時に歩き出す。

「あるところに、神さまがいたとしましょう」

なにげない口調で、相麻は語る。

「神さまは、ひとつの実験を行っていた。その実験とは、人を善人にすることを目的にしたものだった。そして実験のサンプルとして、ひとりの青年が選ばれた」

彼女が唐突で冗長なたとえ話を始めることには、もう馴《な》れつつあった。

ケイは頷《うなず》く。

「それで？」

「最初の実験として、神さまはその青年の偽物を作り出した。偽物に意思はなく、ただ本物の青年と同じように行動する。もうひとりの自分がいれば、客観的に自分の行いを知ることができて、善人になるのではないかと神さまは考えた」

小さな笑い声を上げて、ケイは答える。

「神さまなら実験なんてしなくても、結果がわかりそうなものだけどね」

「その神さまは、ほとんど全能だったけれど、でもとても無知だったのよ」

「へぇ、どうして？　全能なら、全知にだってなれそうなものだけれど」

「一度、ほとんどすべてといえる知識を手に入れたけれど、すぐにその知識を捨て去ってしまったの。だからほぼ全能にして、限りなく無知に近い神さまになった。神さまにだって、色々な事情があるのよ」

全知よりも無知を選ぶ理由というのにも興味があったけれど、相麻の話の本筋は、そんなことではないだろう。

ケイは話を戻す。

「いいよ。ともかく神さまは善人を作り出す実験をして、ある青年の偽物を作った」

「ええ。でも青年の行動は変わらなかった。決して悪人ではないけれど、善人だとも呼べないような人だった。たまに優しくて、それなりに臆病《おくびょう》で、一般的な欲があり、だから多少は残酷なことだってできる人だった。偽物も同じように、悪でも善でもないまま日々を生きた」

「それで神さまは、満足したのかな？」

「いいえ。だから二つ目の実験をしたの。神さまは青年に、ある呪いをかけた。それは悲しんでいる人をみつけると、全身に苦痛が走る呪いだった」

「へぇ。それは大変だ」

なんの興味もなさそうな声で、ケイは答えた。

相麻は続ける。

「だから青年は、悲しんでいる人を見過ごせないようになった。自身の痛みを取り除くために、悲しんでいる人すべてに手を差し伸べた」

「神さまの狙い通りだ」

「青年の偽物も、もちろん同じように行動した。こちらは全身に痛みが走るわけではないけれど、でも青年と同じように行動するよう作られていたから。だから青年も、その偽物も、まるで善人のように生涯を過ごした。以上、おしまい」

納得できない話だ。

「それをみていた神さまは、どうしたの？」

「青年と、その偽物に、それぞれ名前をつけた」

「どんな名前を？」

「一方には、善。もう一方には、偽善」

なるほど、とケイは思う。

「ところで、相麻。この話には一体、どんな意味があるのかな？」

「ただのたとえ話よ。貴方が潔癖なくらいに善人だっていうことを伝えるための」

「どこをどう考えれば、そんな話になるんだろう?」

ゆっくりとしたテンポで歩きながら、相麻は顔をこちらに向ける。

「ケイ。貴方はどちらが善で、どちらが偽善だったと思う?」

考えるまでもない質問だ。

「本物の青年が偽善、偽物の方が善だ」

「どうしてそう思うのかしら?」

「本物の方は、自分のために人を助ける。偽物の方は、なんの意図もなく人を助ける。どちらが純粋な善かなんて、考えるまでもない」

「でも本物は自分の意思で行動しているし、偽物はただ本物に従っているだけよ?」

「そんなことは問題じゃない。自分のための行為は、純粋な善ではないよ」

本当の善意とは、極めて無自覚的なものなのだと、ケイは思う。本能的な、脊椎《せきつい》反射みたいな、自身を計算から度外視した行動しか善意とは呼べないのだと思う。

相麻は頷く。

「つまり貴方はこんな風に、潔癖だってことよ。正義感が強すぎるから、自分が正義だと認められない。ほんの少しでも不純物があると、悪人のように考えてしまう。貴方にとって、純粋な善人なんて、この世界にはいないんじゃないかしら?」

しばらく考えてから、ケイは首を振った。

ひとりだけ、その例外がいる。とてもシンプルで、とても純粋で、完全に自己を無視して行動できる人間を、ケイは知っている。

彼女の名前を口に出そうとして、ふいに思い当たる。

つい先ほどの会話だ。

——きっと貴方は、もうあの子を受け入れている。

と、相麻は言った。

——どうしてそう思うの？

と、ケイは尋ねた。

相麻菫は、あれからずっと、その質問に答えていたのだ。こんなにも回りくどい方法で、だが本質は踏み外さずに。

にっこりと意地悪く、気まぐれな野良猫みたいに、相麻は笑う。

「きっと春埼美空は、貴方の理想よ。貴方が考える純粋な善に、唯一なり得る存在。そんな相手を、受け入れられないはずないでしょう？」

こういうときだ。

相麻菫に、なにか絶対的な、支配力のようなものを感じるのは。あらゆる情報が、ケイの思考や口にする疑問や、感情の動きまでなにもかもが、彼女に支配されているように感じるのは。

相麻は言った。

「貴方と春埼が互いに理解し合う手段として、有効かもしれない方法があるの」

「それは？」

「春埼の過去を調べましょう。今まで彼女がなにを体験して、そのときになにを思い、どうして今の彼女に至ったのか」

そのくらいのことは、すでにケイも実行していた。

「春埼の過去には、なんの特異性もみつからないよ」

たとえばわかりやすく、心に傷を残しそうな事件があるわけじゃない。

「そうね。でも、なにかはある。生まれたときからあんな考え方を持っているはずがないもの。外からみただけではわからなくても、あの子が今の春埼美空になった理由が、どこかに必ずあるはずでしょう？」

「だとしても、調べようがない」

「あるよ。彼女に訊《き》けばいいでしょ」

「もう試した。なんだって答えてくれるけれど、特筆すべきことはない」

「そうでしょうね。でも、もっと詳細に春埼の記憶を探ることができたなら、きっとひとつくらいなにかみつかるんじゃない？」

内心で、彼女の言葉を反復する。

――記憶を、探る？

「どうやって？」

「そういうことに適した能力を知っているわ。今日、少し話をしてきた。たぶん協力してもらえると思う」

気がつけば、いつも相麻と別れる曲がり角に到着していた。ふたりは同時に足を止めて、とても近い距離で向かい合う。

ケイは尋ねた。

「ずっと疑問だったんだけどね。相麻、君の目的はなんだ?」

リセットを手に入れようとしている、ケイとは違う。相麻菫がなにを望んでケイや春埼に近づくのか、まだ想像もできない。

彼女は軽く首を傾げた。こちらの顔を覗《のぞ》きみるように。

「クラス委員長の仕事だって言ったはずだけど?」

「とても信用できない」

「でも本当に、貴方《あなた》と春埼を仲良くさせたいだけなのよ」

「どうして?」

そうすることで彼女に、なんのメリットがあるというのだろう。

相麻は微笑んで答える。

「伝言が好きなの」

「伝言?」

「そう。いろんな言葉を、人から人に届けるのが、いってみれば私の目的」

「わけがわからない」

「いつかわかるわよ。貴方なら、きっと」

相麻はさらに一歩、ケイに近づいた。額が触れ合うほど近い距離に、野良猫みたいな女の子の笑顔がある。風が吹いて、ケイと相麻の頰を、同時に撫《な》でた。

「ねぇ、ケイ。貴方が求めているものは、リセット？　それとも、春埼美空？」

彼女の、温かで湿った息を感じる。それは少女の口から漏れた言葉と混ざり合い、なんだか仄《ほの》かに甘い香りを放つ。

「もちろん、リセットだよ」

と、ケイは答えた。

「どうしてそんなに、リセットが欲しいのかしら？」

「便利だからさ」

彼女がするりと身を離す。なんだか逃げ出すみたいに。

「とても信用できない」

またね、と告げて。こちらに背を向けて、彼女は歩き出した。

＊

同じ時間、春埼美空は小さな公園にいた。

学校からの帰り道にある公園だった。普段なら気にも留めずに通り過ぎる場所だが、今日はそこに、知っている女の子がいた。クラカワマリという名前の少女だ。

「一緒に遊ぼう」

と、こちらをみつけたマリに声をかけられて、今は並んでブランコをこいでいる。

四月の末に出会って以降、マリを頻繁にこの公園でみかけるようになった。おそらくそれまでだって、彼女はここにいたのだろう。でも春埼の認識には入っていなかった。

中学二年生の春埼にとって、公園のブランコは低すぎる。足の角度に注意しなければすぐにつま先が地面を擦ってしまう。だから窮屈に膝《ひざ》を持ち上げていた。

行って、戻る、ブランコの動き。移動しているようで、移動していない。ただみえる景色が少しだけ変わり、頬に風を感じて、また戻る。これは遊具なのだから、楽しいものなのだろう。でも春埼には、ブランコのなにが楽しいのかわからない。年齢の問題ではない。ずっと昔、マリくらいに幼かったころも、やはりブランコというものの魅力に気づけないでいた。

隣ではマリが、甲高い笑い声を上げている。春埼よりもずっと不安定にブランコを揺らしながら。それに合わせて、マリが肩から下げているポシェットも揺れる。この遊具を楽しむという能力において、私はマリに劣っているのだ、と春埼は考えた。ただ考えただけだ。

春埼は表情もなく、一定のリズムでブランコをこいでいた。しばらくして、隣から、笑い声が聞こえなくなっていることに気づいた。

マリに視線を向けると、彼女はブランコを止めて、こちらを見上げていた。

ブランコに飽きてしまったのだろうか。春埼は靴底を地面に押しつける。ざらざらと音を立てて、ブランコが止まる。

マリはとても弱い力で、春埼の制服の裾《すそ》をつかんだ。彼女はすぐに春埼の服をつかむのだ。その度に春埼は、なにかを思い出しそうになるけれど、だが結局はなにも思い出せない。

軽く首を傾げて、マリは言った。

「楽しくない？」

正直なところ、楽しくはない。

春埼が頷《うなず》くと、マリは表情を変えた。

唇の形と、眉《まゆ》の位置が動く。――笑っているのだろうか。泣いているのだろうか。春埼には、笑顔と泣き顔の違いがわからない。マリは今、涙を流してはいなかった。だが涙を流さなくても、悲しんでいる場合もあるのだということは知っている。

「貴女《あなた》の感情を、教えてください」

と、春埼は言った。

そう尋ねたことが、少しだけ意外だった。

――なぜ私は、クラカワマリの感情を知りたがっているのだろう？

その理由に思い当たらない。ルールにない、本来なら必要のない質問だった。

——でも、私の中のなにかが、そうすべきだと判断したのだ。

きっと、感情と呼ばれるなにかが。春埼の理性を通過する前に、その疑問を言葉にさせた。あるいはそれは、マリがとても弱い力で春埼の制服をつかむからかもしれない。なんだかその力は、春埼の意識に強く作用する。

マリはまた首を傾げた。

「かんじょう？」

「それは——」

春埼には、感情という言葉を、どう説明していいのかわからなかった。

なぜ、わからないのだろう？　説明できないのは、それを知らないからではないだろうか。

マリが泣き出せば、彼女が悲しんでいるのだと確信することができる。そして無意味だと知りながら、リセットとつぶやくことができる。だがマリは涙を流さなかった。

彼女は言った。

「私はお姉ちゃんと、遊びたいよ」

「なぜ、ですか？」

マリは笑った。春埼にもそれとわかるように、はっきりと。

「わかんないけど、楽しいもん」

とても人間的な答えだ、と春埼は思った。

相麻菫の質問を思い出す。

――アンドロイドは、だれ？

少なくともこの少女は、アンドロイドからかけ離れたところにいる。

わけもなく春埼が困っていると、マリがまっすぐに春埼の顔を見上げる。

「ねぇ、中学校では、なにをするの？」

春埼はその質問に答えた。とても答えやすい質問だった。どんな授業を受けるのか、昼食にはなにを食べるのか。明確な答えを知っていた。

「友達とは、なにをして遊ぶの？」

と、マリは言った。

こちらは答えることが難しい質問だった。友達という言葉の定義を、春埼はよく知らない。だが、なぜだろう、この質問に答えたいと思った。

途切れながらゆっくりと話す。

「友達では、ないと思います。でも最近は、よく話をする相手がふたりいます。ひとりは相麻菫というクラスメイトで、もうひとりは浅井ケイという別のクラスの生徒です」

「どんな話をするの？」

「今日は、浅井ケイと、信頼について話しました」

「しんらい？」

「論理的な根拠がない状況下で、相手の判断を受け入れられるか、ということです」

マリは軽く口をすぼめた。よくわからなかったのかもしれない。

春埼は続ける。

「私は彼を信用できないと言い、彼は私に信用させてみせると言いました」

今度はなぜだか、マリは納得したように頷く。

「その人は、お姉ちゃんのことが好きなんだね」

好き。それもよくわからない言葉だ。

だが浅井ケイに限って言えば、違うだろうと予想できる。彼が求めているものは、リセットという能力だ。

ふいに思いついて、春埼は告げる。

「好きという言葉も、感情のひとつです」

これで先ほどできなかった説明になるだろうか？

マリはもう一度、頷く。

「そっか。私も、お姉ちゃんが好きだよ」

それから、笑顔――だと、春埼は判断した――を浮かべたまま、続ける。

「あとは、お母さんも好き。でもお母さんは、私のこと、好きじゃないんだ。私がニセモノだから、嫌いなんだ」

「偽物とは、どういう意味ですか？」

尋ねてすぐ、まるでマリのような質問だと思い当たった。知りたいのは偽物という言葉の意味ではなくて、どうして自分を偽物だと表現するのかだ、と補足する。でもマリは答えない。

しばらく考えて、春埼は尋ねる。

「貴女は、母親に好かれたいのですか？」

「うん。とっても」

なにか自分に、できることはあるだろうか？　ふと思い当たって、春埼は鞄《かばん》の中から封筒を取り出す。小さく青い封筒だった。

以前、相麻菫に貰《もら》ったものだ。お守りのようなものだ、と彼女は言っていた。

「貴女に、これをあげます」

「なに？」

「開いて、願い事を言葉にすれば、それが叶《かな》うらしいです」

「本当に？」

「わかりません。私には、信じられません」

小さな声を立てて、マリは笑う。

「へんなの」

なにがへんなのか、春埼にはよくわからなかった。

「でも、ありがとう」

マリはそう言って、青い封筒を深緑色のポシェットにしまった。

それから三〇分ほど経ったとき、公園にひとりの男が現れた。

二十代の半ばほどだろうか、よれたスーツを着て、無精ひげを生やした男だった。彼はまっすぐマリの前に歩み寄り、言った。

「迎えに来たよ。さ、帰ろう」

マリは首を傾げる。

「お母さんは？」

「今日は少し遅れるんだ。暗くなると危ないから、病院で待っていよう」

「そっか。うん」

マリは頷いたけれど、だが歩き出そうとはしなかった。また春埼の制服をつかむ。

「この人は誰ですか？」

と、春埼は尋ねた。

「つしまさん、だよ」

ツシマ。マリの苗字はクラカワだったはずだから、きっと父親ではない。両親が離婚している可能性もあるけれど、マリの父親にしては、そのツシマと呼ばれた男は少し若すぎるようにも思う。

ツシマは春埼に視線を向ける。

「春埼さん？」

「はい」

「マリからよく聞いてるよ。いつもこの子の相手をしてくれて、ありがとう」

そう言った彼は、たぶん笑った。

感謝されるようなことではない。わざわざその感謝を否定するようなことでもない。

春埼は尋ねる。

「貴方《あなた》は誰ですか？」

「この子の、保護者代理みたいなもんだ」

「マリの母親は、なぜ来ないのですか？」

「来るさ、そのうちに。少し遅れるだけだ。——さぁ、マリ。行こう」

マリはこくりと頷《うなず》いて、春埼の制服から、手を離した。

＊

午後八時三〇分。浅井ケイは中野家の離れにいた。

シャワーを浴びたばかりなのだろう、濡《ぬ》れた髪でケイの部屋にやってきた中野智樹が床に仰向《あおむ》けに寝転がっている。彼が持ち込んだ古いラジオが、ノイズ混じりの洋楽を流している。見慣れた光景だ。

ケイは木製のデスクの前に座り、人差し指で作り物の小さな猫をつついていた。ほんの数センチの猫だ。基本的には黒猫で、口の周りと、両手両足の先だけが白い。元々はキーホルダーだったけれど、金具の部分が壊れてしまった。今は置物としても不安定な、ただの猫形の人工物だ。

その猫はなにか柔らかな素材でできていて、指先で押すとへこみ、離すと時間をかけて元に戻る。

「それ」

と、智樹は言った。

「ずっと持ってるよな。なんかあるのか？」

ケイは首を振る。

「別に。なんとなく気に入ってるんだよ」

このキーホルダーが壊れたのは、二回目だ。一度直って、また壊れた。少なくとも二度は捨てる機会があったけれど、今もこうして手元にある。

「そのうちなにか適当な紐《ひも》でもつけて、ストラップにでもしようかと思ってるんだけどね」

「ストラップ？　携帯買うのか？」

「どうかな。おばさんが許可をくれたらね」

中野家では、中学生が携帯電話を持つことは許可されていない。今どき携帯電話を禁止するのは理不尽な気もするけれど、この家に置いてもらっている身としては文句も言まりない。

えない。クラスメイトには驚かれるが、便利さを知らなければ不便だと感じることもあ

「いいなぁ、携帯」

そう智樹がつぶやいて、ケイは笑う。

「君が携帯を持つと、能力の意味がなくなるよ？」

中野智樹は、離れた場所にいる人物に、声を届ける能力を持っている。

「オレのは一方通行だからな。相手の声も聞こえるぶん、携帯の方が便利だろ」

「ま、そうだね」

ケイはそっと猫形の元キーホルダーをデスクの上に戻し、代わりに本棚から文庫本を一冊、抜き出した。

もう一月以上も前に買ってきた、翻訳物のミステリ小説だ。ケイは最近、アンドロイドが登場するSF作品を中心に読んでいたため、すっかり後回しになっていた。

「そういや、噂になってるぜ」

智樹の声に反応して、ケイは視線を本から逸《そ》らす。

「なにが？」

「お前と、相麻と、春埼だよ」

「へぇ。それは意外だね」

頻繁に屋上で会っているのだから、誰にも気づかれないはずはないけれど。別に噂話

として楽しいことでもないように思う。三人の中学生が放課後になると屋上に集まっているだけだ。ＵＦＯを呼んでいるわけでもないし、違法性もない。校則にさえ触れていない。

「ま、三角関係とか好きだからな、基本的に」

智樹の言葉に、ケイは笑う。

三角関係。

「そんなにファンタジックで興味深い関係じゃないよ、僕たちは」

「傍《はた》からはそう見えるって話だよ。しかもひとりは春埼美空だ」

「ああ。たしかに彼女の恋愛は、興味深いね」

まったく想像できない。同じクラスに春埼がいて、恋の噂なんてものがあったら、つい聞き耳を立ててしまう気持ちもわかる。

ケイは再び手元の本に視線を向けた。物語の冒頭、主人公の探偵が依頼人に会うために、車を走らせている。

ラジオの音楽は愛を叫んで途切れ、次の曲が流れ始める。

「で、本当のところは、なにやってんだ？」

「どうでもいいことを、だらだらと話してるんだよ。マクドナルドにいる同級生たちと同じように」

智樹はさも面白そうに笑い声を上げた。

「お前なら、相対性理論の講義をしてるって方がまだ説得力がある」

「たまにそんな話もする。雑談の種類は選ばない」

「ちなみに、なんなんだ？　相対性理論って」

「光と空間と時間はとても強い信頼関係で結ばれていて、その信頼関係を守るために空間や時間が妥協するのが特殊相対性理論。さらに重力のせいで、空間と時間がもっと妥協しなければならなくなるのが一般相対性理論」

「わけがわからんな」

「そうだね。実は僕も、いまいちよくわかってない」

「で、いつもそんな話をしてるのか？」

「色々だよ。今日は神さまに呪われた、不幸な人の話を聞いた」

これは屋上で交わした会話じゃないけれど、いつだってあんな感じだ。

「へぇ。その話、楽しいのか？」

「不幸な人の話だよ？　楽しいわけがない」

「なるほど。じゃ、いいや」

小説ではようやく、依頼人の美しい女性が現れた。こういう、古典的な導入は嫌いではない。依頼人が犯人じゃなければいいなとケイは思う。

それから二度、ラジオから流れる曲が変わるまで、ケイと智樹は口を開かなかった。

アコースティック・ギターで雨の日について歌う曲が流れ始めたとき、智樹は言った。

「お前がなんの理由もなく、ひと月以上も同じことを続けるってのは、ちょっと信じられない」

「ずいぶんこだわるね。なにか気になることがあるのかな？」

「お前が変わったことを始めると、だいたいなにかが起きる」

「なにかって？」

「この間はどっかの誰かが、警察に捕まった」

「そんなこと、毎日どこかでは起こってるでしょ。僕のせいじゃない」

「未緒《みお》の自転車を蹴《け》り飛ばした奴だよ。そして警察に通報したのは、お前だった」

未緒というのは、中野智樹の妹だ。現在、小学四年生。春休みに新しい自転車を買ってもらって、その自転車がどこかの誰かに蹴り倒され、カゴと泥除《どろよ》けがへこんだ。

「偶然だよ」

と、ケイは答える。

「自転車の修理費、お前がそいつから回収したって言ってたよな？」

「ちゃんと話したらわかってくれたんだ。意外と善人だったのかもね」

ちょっと、特殊な話し方をしただけで。その副次的な効果として相手が警察に怒られただけで、きちんと自転車の修理代を払ってくれたのは嘘じゃない。

寝転がっていた智樹は、腹筋の要領で起き上がる。

「お前はいい奴だよ。でも、平気で無茶なことをする」

思わず、ため息が漏れる。

「今回は——」

意図して、今回は、とケイは言った。

「別に、危ないことをしてるわけじゃない。ただ女の子ふたりと、仲良く話をしているだけだよ」

はっ、と、智樹は笑う。どこか尖《とが》っていた空気を緩めるように。

「充分危ねぇよ。もてない奴らに殴られるぞ」

「それは大変だね。君が守ってよ」

「おいおい、オレももてない側だぜ？」

「いじめられてる僕を格好よく助けたら、君を好きになる女の子もいるかもしれない」

「なるほどな。お前が二、三発殴られたら考えよう」

彼は納得したように頷《うなず》いてから、言った。

「で、どうして相麻たちと会っているんだ？」

中野智樹は、意外にしつこい。

二度目のため息をついて、ケイは手元の本を閉じる。

「誰にもいわないと、約束してくれるかな？」

あっさりと、智樹は頷く。

「ああ。もちろん」

彼は嘘をつかない。

「春埼美空と仲良くなりたいんだ」

デスクの上の猫が目に入る。昔、キーホルダーだったもの。キーホルダーには当然、ひとつの鍵《かぎ》がついていた。

リセット。それはケイにとって、特別な意味を持つ。

＊

リセットを初めて体験したのは、小学六年生の夏休みだった。

その夏、浅井ケイは咲良田を訪れた。それまでは地名というより駅名として知っているだけの街だった。でもそれ以来、ケイは一度も咲良田の外に出ていない。

咲良田は一見、なんの変哲もない地方都市だ。しかし咲良田に来て間もなく、ケイは能力の存在を知った。

電車を降り、乗り越しぶんの料金を払ったケイは——元々、どこに行くかなんて決めていなかったのだ。切符は適当に買っていた——財布をポケットに戻したとき、指先に触れた感触で、キーホルダーが壊れていることに気づいた。小さな猫形のキーホルダーだった。

キーホルダーには、ケイの自宅の鍵がついていた。だが金具の部分が欠けて、もう意味を成さなくなっていた。壊れてしまったキーホルダーはセミみたいな小さな生き物の亡骸を連想させた。すべての機能を失い、風化するのをただ待っている。取り留めのない寂しさがあった。

ケイはそのキーホルダーを手のひらに載せて、駅を出た。母親にもらってなんとなく使っていたものだが、なければないで困りもしない。捨ててしまおうと思ったときに、背後から声をかけられた。

「壊れてしまったのかい？」

振り返るとそこに、ひとりの男性が立っていた。二十代の後半から、三十代の前半といったところだろう。清潔な身なりだが、会社員という風でもない。職業のよくわからない男性だった。

「私が直してあげよう。ちょうどいい能力を持っているんだ」

能力、という言葉を聞いても、ケイはそれほど違和感を覚えなかった。日常会話では変わった言い回しだが、一般的な技術をそう表現しているだけなのだろうと思った。

別に直す必要はない、と答えようと思ったけれど、それよりも先に、彼はキーホルダーを取り上げた。欠けた金具と共に。

もし彼が一度でも手を握り、ケイの視界からキーホルダーを隠していれば、つまらない手品だと判断しただろう。だが彼は、手のひらを開いたままだった。ほんの短い時間だけ、彼がキーホルダーに視線を向けると、それで欠けていた金具は元に戻った。まるで映像を編集したように。なんの演出もなく、自慢げでもなく、単純に壊れていたキーホルダーが直っていた。

彼はキーホルダーをケイの手に戻す。

「それじゃあ。遅くならないうちに、家に帰るんだよ」

にっこりと笑って、彼はケイに背を向けた。

当時はわけがわからなかった。――もちろん、たったこれだけのことで、咲良田の住民たちが不思議な能力を持っているだなんて理解できるはずがない。

ケイは街中を歩き回り、時間をかけて能力に触れていった。どれだけ否定的な視点で考えても、この街には不思議な能力が溢《あふ》れているのだと納得するしかないとわかった途端、ケイは咲良田にのめり込んだ。

絶対に壊れるはずがないと思っていた世界のルールが、簡単に壊れる感触。それは小学六年生のケイを夢中にさせた。この街を理解したいという願望を抑え切れなかった。

それから数日間、ケイは咲良田で生活した。

初め、家に帰らなかったのは交通費の問題だ。一度この街を離れてしまえば、次に来られるのがいつになるかわからない。とにかくあのときは、咲良田に関するたくさんの情報が欲しかった。

大人たちにみつかれば、両親が住んでいる街に連れ帰されるだろう。だから計画的に動く必要があった。睡眠は日中に、小分けして取ることに決めた。遊びつかれた子供が公園のベンチでつい寝入ってしまったようでなければならない。夜間は人目につかないように身を潜め、決して眠らなかった。

自宅にはむしろ頻繁に電話を掛け、適当な嘘を話した。警察が動き出せば、ケイの居場所なんてすぐにわかってしまうだろう。いずれそうなるにしても、時間を稼ぎたかった。両親は共に働いていて家を空けることが多かったから、質問を避けるために留守番電話に吹き込めるタイミングを選んだ。

能力に関する情報の収集は、容易ではなかった。まずは文字媒体の資料を探したけれど、みつかったのは市役所で配られている、管理局が作成した数種類のパンフレットくらいだった。能力で問題が起こったときの連絡先に関するもの、定期的な能力の検査を推進するもの、それから管理局員の募集を謳《うた》うもの。これですべてだ。

能力のことを詳しく知りたければ、口頭で訊《き》き出す必要があるのだとわかった。それでケイは、子供たちに目をつけた。

子供は自分の知識を語りたがっているものだし、的外れな質問をしても疑問視されることはあまりない。睡眠の合間に、ケイは自分よりも年下の子供をみつけては、咲良田の能力に関する質問を繰り返した。ひとつひとつの情報が正確でなくとも、数を集めれば全体がみえる。

ケイには、とくに気に掛かっていることが、ひとつあった。

これほど不思議な街の存在が、なぜ世間一般に知られていないのか。常識的に考えて隠し通せるようなことでもないし、そもそも咲良田の住民ひとりひとりには、能力を隠そうという意識がないようにみえる。

その答えは、この街の住人なら誰もが知っているようだった。まだ小学生になったばかりくらいの子供たちが口々に教えてくれた。

咲良田の外に足を踏み出した人間は、能力に関する情報を、すべて忘れてしまう。完《かん》璧《ぺき》に、跡形もなく。忘れてしまった知識によって矛盾が生じる場合、別の記憶に置き換わって辻褄《つじつま》が合わされる。

ケイは図書館のインターネットを使い咲良田付近の地図をプリントアウトして、聞き出した情報を元に、どの範囲を超えれば能力に関する記憶を失うのか線を引いてみた。

その線は、咲良田をすっぽりと囲い込むような円形をしていた。真円ではない、歪《いびつ》な形をした楕円《だえん》だ。咲良田の周囲の、人気が少ない地域を選んで通っているように。なにか意思を感じる形状だった。

ラインをわずかでも超えると、能力に関する知識を失うのだという。ケイはできるなら実際に、それを試してみたいと思った。だが、咲良田の外に出ることには、躊躇《ためら》いがある。

能力に関する知識を失った自分は、もうこの街には戻ってこないかもしれない。

家に帰れない理由が、ひとつ増えた。

咲良田を訪れて四日目。

ケイは公園のベンチに座っていた。ペンキが剝《は》げかかった、赤いベンチだった。

猫形のキーホルダーを手のひらに載せて、それをぼんやりと眺めていた。キーホルダーの先には、自宅の鍵がついている。

——四日。そろそろ、限界だろう。

小学六年生が勝手に家を出て、そのままふらふらと過ごしていい期間は、もうとっくに過ぎている。さすがに次の行動を決断しなければならない。ケイの両親が住んでいる街に戻るのか、それとも本格的に、この街で生活することを考えるのか。

——僕は、できるなら、この街を離れたくない。

心の底から、そう思う。

一度、咲良田を離れたとして、確実にこの街に戻ってこられる方法があるだろうか。思いつかなかった。インターネットから地図をプリントアウトしたとき、同時に咲良田に関する情報を検索していた。

その気になれば、ネット上にも能力に関する情報がみつかる。たとえば個人のブログやSNS、それから掲示板なんかにも記述はある。でもそのテキストが注目された痕跡《こんせき》は少しもなかった。あからさまな作り話としても取り上げられていない。街の外からでは記述そのものが読めないのかもしれないし、読んでも意識に残らない、強い洗脳のようなものがかかっているのかもしれない。

能力の情報は、咲良田の外には持ちだせない。そしてこの街に暮らす人々は、そのルールを物理学のように自然な事実として受け入れている。誰が定めたわけでもない、重力の働きや慣性の法則みたいに世界ができたときから備わっているルールのように。

でも、おそらく違う。能力は人為的に隠されているのではないか？　そこには何者かの意思を感じる。一方でそのルールを受け入れないわけにもいかない。つまり能力のことを知りたければ、この街に留《とど》まり続けるしかない。

でも、そんなことが可能だろうか？

現実的な問題もある。少なくともケイは咲良田の公衆電話から自宅に電話をかけている。痕跡を辿《たど》るのは難しくないはずだ。

そしてなによりも、精神的な問題がある。

――僕に、小学六年生までの、僕のすべてを捨て去ることなんかできるだろうか？

ここに留まれば、たとえば両親を捨てることになる。これまでの友人や、あらゆる人間関係や、ケイを形作ってきた世界のすべてを捨てることになる。

そんなの、許されるだろうか。誰にというわけではない。誰もかれもに。たとえば胸の深いところにいる、普段は信じてもいない神さまに許されるだろうか。

ケイは両親について思い出す。

彼らとの間には、明確な隔たりを感じていた。透明度が低く、防音性の高いガラスで仕切られているようだった。互いの姿はぼんやりとしかみえず、互いの声はとても聞き取りにくい。

その隔たりの原因が、ケイにあることは明らかだ。

ケイは昔から、人に心を開くことが苦手な子供だった。だが大人と会話することが苦手なわけではなかった。たとえば教室で先生と向かい合っているとき、相手がどんな言動を求めているのか読み解くのは容易だった。相手がいちばん素直だと感じる言葉を選んで使うことも、角が立たない程度に感心させることもできた。たまには相手の気が済むよう、わざと叱られる振る舞いをしてみせることさえあった。

大人たちの思惑の上辺をなぞるのが得意だった。でも、それしかできなかった。ケイの言葉に、行動に、発信するあらゆる情報に、本当の感情なんてなかった。数式で問題を解くように、ただ正解を答えていただけだ。相手の反応ばかりを考えて、自分の本当の意思なんてものを顧みもしなかった。

すべてを知っていたなら、なんて気味の悪い子供なのだろう。不気味の谷、と呼ばれる現象がある。アンドロイドの外見を人間に近づければ近づけるほど、人からみた好意は上昇する。ただの箱よりも人型を、ただの人型よりも目や口がついたアンドロイドを人は好む。でも過剰に人間に近づきすぎて、ある一点を超えたとき、その好意が反転する。人は人間に似すぎた異物を不気味だと感じ、強い嫌悪感を覚えるのだという。

もしすべてを知っていたなら、あのころのケイは理想的な子供に近づこうとして、不気味の谷に落ちた偽物のようだっただろう。そして世界にたったふたりだけ、ケイの本質を知っている人間がいた。父親と母親だった。

数年前から彼らがケイへの接し方に迷っていることには気づいていた。ふたりはケイを不気味に思い、それでも自分たちの子供を愛したいと努力し続けていた。

優しい両親だと、心の底から思う。彼らの子供でよかったと思う。

——でもね、愛したいと努力するのは、愛していないからなんだよ。

彼らが無理をして硬い微笑を浮かべる度に、なんだかとても空虚な気持ちになる。そしてケイは、彼らよりもずっと上手に、笑顔を作ってみせる。でも彼らだって、それが偽物だと知っている。

悪いのはこちらの方だ。だがこの問題を、どう解決すればいいというのだろう。ケイが彼らの意に沿うように行動するほど、隔たりは大きくなる。

——僕はきっと、彼らを愛している。

それは、事実だ。

だがその愛は、深いものでも、強固なものでもない。どこにだって簡単に転がっているような愛だ。いずれは薄れて跡形もなく消える、浅い擦り傷のような愛だ。

もしもこのまま、ケイが家に帰らなければ。彼らはいったいどうするだろう？

もちろん、悲しむだろう。その大半は本心で、あとのいくらかは義務感で。だが時間が経ったとき、より濃く残るのは、おそらく義務感だ。本心は少しずつ、安堵《あんど》に変化していくのではないか。

——だって僕がいるだけで、彼らの負担になっているのだから。

いるだけで、彼らを傷つけているのだから。

ここまで考えて、ケイは笑う。この思考は欺瞞《ぎまん》に満ちている。彼らを捨て去ろうとしている自分を肯定するための考え方に、引き寄せられている。

——甘えるなよ。目を逸《そ》らすな。

もっと、もっと客観的に、自分がしようとしていることを理解しなければいけない。自分の罪を、自覚していなければならない。

だからケイはもう一度、両親について思い出す。より厳密に、どこまでも正確に。これまでに彼らがくれたひとつひとつを思い出す。

そして、気づいた。

記憶が、あまりに、鮮明だ。

それはあり得ないレベルで。人の能力では不可能だと確信できるところまで、過去のなにもかもを、極めて正確に思い出していた。何年も前に母親が着ていた服のわずかな皺《しわ》まで覚えていた。父親が広げていた新聞の記事まで覚えていた。バルコニーの窓の外から聞こえてきた子供の声も、ある昼食に食べたスパゲティーの味も、生まれて初めて聞いた母親の声も、初めてみた父親の表情も。

これまでのおよそ一二年ぶん、すべて。自我もなかったような時代からこの肉体が経験したすべての記憶を、望めば簡単に取り出せた。

頬を伝った雫《しずく》が地面に落ちるまで、ケイは自身が泣いていることに気づかなかった。生まれた瞬間から、今までをみんな思い出して、涙が流れたことに気づかなかった。

とても自然に、考える。

——ああ、僕は、父さんと母さんを、愛している。

いつの間にか忘れてしまっていたんだ。ケイはたしかに、彼らを愛している。ただ忘れていただけで、失くしたわけじゃなくって。強く、強く、この世界のなによりも特別な愛情をふたりに向けている。その感情を思い出した。

でも。泣いたのは、それを思い出したからじゃない。

彼らの元に帰ることを決めたなら、笑えばよかった。心の底から納得して、この咲良田を立ち去ればよかった。

手のひらのキーホルダーを握り締める。指先が白くなるくらいに、強く。

すべてを思い出しても。幸福だった記憶や、彼らへ純粋な愛を思い出しても、それでも。

——僕はきっと、捨てられるんだ。

ただ涙を流すだけで。たったその程度のことで、愛する母親も父親も捨ててしまえるんだ。

咲良田に来て、四日目のことだった。

浅井ケイは、能力を手に入れたことを知った。

その能力はおそらく、自身の罪の深さを自覚するためだけに生まれたのだろう。

だが涙が渇くのに、時間はかからなかった。


それから二四時間、ケイはそれまでと同じように、咲良田で生活した。

自身の能力について検証し、咲良田に関する情報を集めた。そしてこの街で、生活する手段について考えた。

小学六年生がたったひとりで生きていくことは不可能だ。生きるだけであれば食べ物と住居があればいいが、より重要なのはケイがこの街にいる社会的な理由だ。それがなければいずれ警察に連れ戻される。もうそろそろタイムリミットだろう、という気がした。

協力者を探さなければならない。きちんとした力を持った、大人の協力者。一体、どうすればそれを得られるのか、考え続けていた。その間も猫形のキーホルダーは手の中にあった。自宅の鍵《かぎ》をつけたまま。ポケットにもしまわず握り締めていた。

——僕はまだ、迷っている。

あの両親の元に戻る可能性を、捨てきれないでいる。それでいいのだと思った。いずれ答えが出せるときまで、迷いながら過ごせばいい。このときはそう思っていた。

咲良田を訪れて五日目の昼下がり、道路脇を歩いていたケイの前方に、黒い車が停まった。高級車ではない。だがよく磨かれた車だった。

その車から黒いスーツを着た男性がふたりと、濃紺色のスーツを着た女性がひとり現れる。男性はふたりとも、三十代の半ばにみえる。女性はそれよりもずっと若い。まだ成人して数年というところか。

逃げ出す暇もなかった。彼らはケイを取り囲む。

まず口を開いたのは、濃紺色のスーツを着た女性だ。

「浅井ケイくん、ですね」

断定的な口調だった。

「貴女《あなた》たちは？」

と、ケイは尋ねる。考えても正体に思い当たらない。警察？　そうはみえない。警官にみえない警官もいるだろうが、家出した少年の保護にはそぐわない気がした。

スーツの女性が答える。

「管理局の者です」

管理局。咲良田の能力を管理する、公的な機関。聞いた話では、管理局の活動は能力に関する問題の解決に限られるという。なぜそんなところの人間が、小学六年生を取り囲む必要があるのだろう。

ケイは意図して口を開かなかった。まっすぐに彼女の目をみていた。本当に彼女たちが管理局員なのか、そんなことを疑いながら。

彼女は表情を浮かべずに続ける。

「話がありません。車に乗っていただけますか」

にっこりと笑って、ケイは答える。

「話の内容によります。まずそれを聞かせてください」

「貴方《あなた》の人生に関する話です」

「へぇ」

不意に、理解した。管理局、能力、咲良田という街の構造、浅井ケイの立場。――そのすべてを繋《つな》ぐ可能性に、思い当たった。

なぜまず考えつかなかったのか、不思議なくらいだ。昨日、あのベンチで想像できてもよかった。あまりに都合が良すぎて無意識的に避けていたのかもしれない。

ケイは尋ねる。

「どうして、わかったんですか？」

「質問の意味がわかりません」

「僕の能力について、どうしてわかったのか、教えていただけますか？」

女性の視線が、ほんのわずかにずれる。表情を押し殺したまま。

「その質問には、お答えできません」

「そうですか。じゃあ、貴女の名前を教えていただけますか？」

「それについても、秘匿が義務づけられています」

「どうして？」

「管理局内で情報を扱う者の、伝統のようなものです」

個人を特定させないためのセキュリティーの一種だろうか。どの程度の効果があるのか、よくわからないけれど。あるいは本当にただの伝統なのかもしれない。

「それ、不便じゃないですか？　普段はなんと呼ばれているんです？」

この会話に意味はない。意識を切り替えただけだ。情報を隠そうとする立場から、情報を引き出そうとする立場へ。

しばらく躊躇《ためら》ってから、彼女は言った。

「索引《さくいん》、です」

笑みを浮かべたまま、ケイは頷《うなず》く。

「わかりました、索引さん。車に乗りましょう」

ケイは率先して、黒い車に向かって歩く。彼女たちから表情がみえなくなってから、唇をかみ締めた。

――どうして、鍵を捨てておかなかったんだろう？

まだ咲良田に留《とど》まるか、帰るのか、迷っていたのに。

こんな形で答えが出るなんて、最低だ。

黒いスーツを着た男の一方が運転席に、もう一方が助手席に乗り込む。ケイと索引さんは、後部座席に座った。

車が走り出すとすぐに、索引さんは話し始めた。

「管理局は貴方に関する、ひとつの決定を下しました」

「それは？」

「咲良田の外に出ることの禁止、です」

「どうして？」

「その質問にはお答えできません」

「貴女の話は、公務員の権限を逸脱しているように思えます」

「では法律に訴えますか？　貴方は確実に敗北します。裁判にさえなりません」

なぜ自信を持ってそう断言できるのかわからない。でもおそらく、嘘ではないのだろうという気がした。管理局にその程度の力もないのなら、すべての能力を管理するなんてことができるとは思えない。

ケイは背もたれに体重を預ける。

「ま、だいたいわかりますよ。咲良田を管理する上で、僕の能力が邪魔なのは。能力に関するルールの根本に関わるんだから、当然です」

なにか探るように、索引さんはこちらの顔をみていた。

自信を持って、ケイは断言する。もし間違っていたら恥ずかしいなと思いながら。

「咲良田の外に出ても、僕は能力の記憶を失わないんでしょう？」

能力にはルールがある。一歩でも範囲外に踏み出せば、その存在を完全に忘れてしまう。対してケイは、なにもかもを確実に思い出す能力を持っている。そのふたつは完全に矛盾する。

ほんの一瞬、索引さんは顔をしかめた。すぐに表情を取り繕って、彼女は言った。

「なぜ、そう思うのですか？」

「他の可能性を思いつきません」

ケイの能力と、咲良田から出ることの禁止という条件を合わせて考えると、これしかない。咲良田の能力は、情報の断片さえこの街の外に持ち出してはならない。ケイはそれに抵触する。なら街の中に留めておくしかない。

索引さんは笑う。楽しげではない。呆《あき》れた様子だった。なんであれ彼女が素直に表情を浮かべたことが少し意外だったけれど、先ほど顔をしかめてしまったから、無表情にこだわるのも馬鹿らしくなったのかもしれない。

「いいでしょう。その通りです。管理局は能力に関する情報が、咲良田の外に漏れることを許容できません」

頷いて、ケイは続ける。

「もうひとつ、予想できることがあります」

「なんですか？」

「この街から出ると、能力に関する知識を失うという現象のことです。それは、どこかの誰か——おそらく管理局に所属する誰かが、能力を使って作っているんですね？」

半ば、確信を持っていた。

咲良田の外に出ると、能力に関する知識を忘れる。それが能力そのものに備わるルールなら、ケイがどんな能力を持っていたところで、やはり忘れてしまうように思う。

だが、その現象まで、何者かの能力によって作り出されているのだとしたら。たとえば記憶を奪う効果を広範囲に及ぼせるような能力を使っているのなら。

ケイはすでに、能力の強度のことを聞いていた。矛盾する能力が互いに効果を及ぼしあった場合、より強度の高い能力が、効果を発揮する。忘れる能力の強度を、思い出す能力の強度が上回れば、ケイは咲良田の外でも能力に関する知識を思い出すことができる。

索引さんは、そっけなく首を振る。

「その質問には、お答えできません」

「そうですか。残念です」

ケイは肩をすくめてみせる。先ほどから、彼女が苛立《いらだ》つ言動ばかりを選んでいた。きっと僕は不機嫌なのだろう、と他人事《ひとごと》のように考える。

索引さんは小さく咳払《せきばら》いをして、座席の脇にあった金属製のケースから数枚の書類を取り出した。

「ともかく管理局は、貴方と契約を結びたいと考えています。貴方の意思に拘《かか》わらず。同意していただけると、物事はとてもスムーズに進みます」

ケイは書類を索引さんから受け取って、ざっと目を通す。

そこには契約に関する、いくつかの項目が並んでいた。

管理局は咲良田での、ケイの生活を保障する。対して、ケイは咲良田内に留まり、この契約に関することを誰にも話さない。

加えて——

「管理局は、貴方の過去を買い取ります。それなりに高額で」

ケイは書類を読み進める。たしかに、そういった内容が書かれていた。とりあえず余裕をもって大学を出られるくらいの金額は受け取れるようだ、とわかったのは、以前両親がケイに使う金額を試算してみたことがあったからだ。

「過去を買い取るって、一体どうするんです？」

「咲良田の外の世界において、貴方がいた形跡を消します」

なんとも物騒な話だ。

「それはたとえば、僕が死んでしまったように偽装する、という風なことですか？　スパイ映画なんかに出てくるような」

「いいえ。もっと厳密に、貴方がいたという事実そのものがなくなります」

「一体、どうやって？」

「その質問にはお答えできません。ですが、危険な手段ではない。信用していただいてかまいません」

信じろと言われて、信じられる話でもない。一方で疑いようもない。実際に管理局は能力の情報を咲良田の外から消しているのだろう。なら同じ方法で、浅井ケイという人間の情報も消せるのかもしれない。

少し迷ってから、ケイは尋ねた。

「僕の両親は、僕のことを全部、忘れてしまうんですね？」

索引さんはこれまでになく、わかりやすい表情で目を伏せる。たぶん良い人なんだろうなと思う。

「ええ。つらいでしょうが――」

「いえ。理想的です」

ほんのわずかな違和感もなく、綺麗《きれい》に忘れてくれればいいと思う。たぶんその方が、互いにとって幸せだ。

意図してケイは微笑んだ。

「基本的には、この契約に同意します。ですからもう少し、きちんと契約の内容を読ませてもらえますか？」

「わかりました」

「ありがとうございます。それと、もしよければ車を停めてもらえませんか」

走っている車の中で文章を読むと、気分が悪くなってしまうのだ。

道路脇に車が停まってから、ケイは再び、手元の書類に視線を落とす。

文面に興味があったわけではなかった。必要だったのは、気持ちに整理をつけるための時間だ。管理局の意向により、咲良田に留《とど》まらざるを得なくなった、という出来事への。

理性的には、なんの文句もない。望んでいた通りの幸運が舞い込んできたようなものだ。でも感情的に考えたとき、許せる話ではなかった。

もう一度、考える。

――どうして、鍵《かぎ》を捨てておかなかったんだろう？

過去を捨てるなんてことを、両親を捨てるなんてことを、よく知りもしない組織に決められたくはない。どこかの大人たちにいわれたから、なんて言い訳を、ケイは望んでなんかいない。

これはもっと我儘《わがまま》なことなんだ。もっと罪深いことなんだ。だれかの都合だから仕方ない、なんて逃げ道はいらない。ケイが独りきりで受け止めなければならない決断だったはずなんだ。

目を閉じて、ため息をつく。なにかを諦《あきら》めるために。感情を、磨耗させるために。

そのときだった。

浅井ケイはリセットの効果を、初めて体験した。

目を開いたとき、ケイは公園にいた。

ペンキが剝《は》げ掛かった赤いベンチに座り、独りきり泣いていた。

咲良田を訪れて、四日目。

両親への愛を思い出し、それでも彼らを捨て去ろうとして。自宅の鍵のついたキーホルダーを握り締め、ケイは声を出さずに涙を流していた。

もう一度、記憶を辿《たど》ろうとして、気づく。

――僕は、明日《あした》の記憶を持っている。

これから起こる事を、ケイは厳密に思い出せた。明日、索引さんに出会い、黒い車に乗せられて、過去を捨て去る契約を交わそうとする。

――未来を、思い出した？

わけがわからなかった。

思い当たった可能性は、三つだ。ケイ自身の能力で、未来の記憶を得ることができるのか。どこかの誰かが、時間の流れ方を変えるような能力を使ったのか。あるいはなにもかもケイの空想で、この記憶は偽物なのか。

その中のひとつを、今選ぶ必要は感じなかった。

重要なのは咲良田の外に出ても、能力に関する記憶を失わずにいられる可能性が生まれたことだ。試してみる価値はある。未来の記憶がすべて事実なら、今、無理に咲良田に留まる理由なんてない。

――父さんと母さんの元に帰ってもまた、僕はこの街に戻ってこられる。

常識的に判断するなら、一度自宅に帰るべきだ。索引さんが現れる前に。ケイは本来の居場所に戻り、高校生か、大学生なのかわからないけれど、ともかくひとりで生活できるようになってからまたこの街にやってくればいい。

気がつけば涙は乾いていた。ベンチでひとり、ケイは笑う。

――でもね、僕にはどうしても、もう一方の選択肢が魅力的にみえるんだよ。

今すぐに過去のすべてを捨て去って、この不思議な街で生きていく方が、魅力的だ。ケイは少しでも長く、この街にいたかった。たとえば高校への入学時にこの街に戻ってくるとして四年後。四年もの時間を、無駄にしたくはなかった。

そして出来るなら、両親に存在を忘れ去られて、生きていきたかった。もう無理やりに子供を愛そうと努力する父や母をみていたくはなかった。彼らのためではない。ケイ自身の願望として。

ほんの四日前、咲良田に向かう電車に乗っていたときのことだ。電話越しに、魔女を自称する女性に言われた言葉を思い出す。

――貴方《あなた》は、貴方の居場所を探している。

――でもそこに踏み込めば、貴方は決して元に戻れなくなる。

――咲良田は、貴方を捕らえて放さない。

まったく、その通りだ。魔女の予言は現実になる。

ケイは猫形のキーホルダーから、自宅の鍵を外した。とてもスムーズな手つきで。

ベンチから立ち上がり、公園を出て、ゆったりとしたペースで歩く。

前方の、コンビニの前にごみ箱がいくつか並んでいた。

ケイは躊躇《ためら》いもなく、自宅の鍵を、不燃物と書かれたごみ箱に投げ捨てた。誰に強制されたわけでもない、自分自身の判断として、過去を捨て去ることに決めた。その罪悪感を、わずかな欠けもない完全な形で、浅井ケイは手に入れた。

時間が巻き戻らなければ誰かに強要されていたことを、ケイは自分自身で選ぶ機会を得て、そのことが悲しくて、苦しくて、嬉《うれ》しくて、救われた。きっと咲良田で生きていく上で、これこそがなによりも重要なのだと思った。

ケイは手の中のキーホルダーをみる。

そのキーホルダーに、奇妙な縁を感じていた。かつての居場所の鍵がついていたキーホルダー。能力を知るきっかけになったキーホルダー。今はもう、どこにも繫《つな》がらないキーホルダー。その猫は柔らかな素材でできていて、指先で押すとへこみ、離すと時間をかけて元に戻る。

もしも一二年間過ごした場所よりも大切なものがみつかったなら、そのとき改めてこの猫を繫ごう、とケイは決めた。

＊

ラジオからはカリフォルニアの海岸に関する曲が、ノイズ混じりに流れていた。馬鹿みたいに明るい曲だった。

中学二年生の浅井ケイは、デスクの上にある猫から視線を離す。能力によって一度は修復されたけれど、また壊れてしまったキーホルダーだ。

「どうして、春埼と仲良くなりたいんだ？」

と、中野智樹は言った。

「彼女はね、とても面白い能力を持っているんだ」

と、ケイは答えた。

あの時のリセットに、本質的な意味はなかったのだと、今ならわかる。リセットのすぐ後で、ケイが咲良田を離れようとしても、やはり管理局に捕らえられていただろう。その程度のこともできない機関が、咲良田にある無数の能力を、管理できるはずもないのだから。

それでも春埼美空の能力に、ケイの心が救われたことは間違いなかった。

もしあのとき、管理局に強制されて咲良田に留まることになっていたなら、きっとそのことを言い訳に使っていただろう。——僕が悪いわけじゃないんだ。どうしようもなかったんだ。そんなことばかり考えていただろう。それは安らかだが、自身の行動に対して、罪の意識まで失うようなことがあってはならないのだとケイは思う。

リセット。

その能力は小学六年生のケイを、とても無自覚的に救った。

ケイが求めていただけの罪悪感を、ケイに与えてくれた。

春埼美空の能力は、浅井ケイにとって特別な意味を持つ。

2　六月下旬

いつものように相麻菫からの呼び出しを受けて、浅井ケイが南校舎の屋上に到着したとき、そこにいたのは春埼美空ひとりだけだった。

四月に初めて春埼に会った時と同じように、彼女はじっと、屋上の入り口をみつめていた。

六月二二日の屋上は、もう真夏と変わらないくらい熱せられていた。今日は湿度も高い。もうすぐ始まる梅雨に向けて、大気が水分を蓄えているのかもしれない。夏は確実に進行している。

ケイは足音を立てて、春埼に近づく。

まるで人間味のない少女だ。でも彼女の額にも、きちんと汗が滲《にじ》んでいる。

「暑くない？」

「暑いです」

「日陰に入ろう。このままだと、日射病になってしまうかもしれない」

春埼はこくんと、頷《うなず》いた。それから屋上の片隅――入り口の脇、ほんの少しだけ陰になっている所に移動する。なんだか工場で働くロボットみたいな歩調だった。地点Aから地点Bまで直線を引いて、その上をまっすぐに辿るような。

――アンドロイドは、だれ？

相麻のあの質問に、この少女は、どんな答えを用意するのだろう。

考えていると彼女は言った。

「貴方は」

「ん？」

「日陰に、入らないのですか？」

「そうだね」

笑って、ケイは頷く。

彼女の隣まで移動して、手すりにもたれかかる。

「相麻は？」

がてきた。


「人に会うので遅れるそうです」

「そう」

この辺りには、背の高い建物が少ない。少し離れた場所にある海までよく見通すことができた。

風が吹いて、春埼の長い髪が舞う。

それをみて、ケイは微笑む。

「君の髪は、とても綺麗《きれい》だね」

自然にウェーブのかかった、細く長い髪だ。太陽の当たる角度によっては、きらきらと輝いて見える。

春埼はなにも答えなかった。ケイは続ける。

「とても綺麗だから、切ってしまった方がいい」

「意味がわかりません」

「現実味がないんだ。その綺麗な髪は、余計に君を人間離れしてみせる。まるで、作り物みたいにみえてしまう」

綺麗な髪と、あとはまるでガラス球のように澄んだ瞳《ひとみ》が、彼女を人間から遠ざけている。さすがに眼球をくり抜けとは言えないけれど、髪を切るのは簡単だ。

ようやく彼女は、視線をこちらに向けた。

「それが問題ですか？」

「たぶんね。一般的に、人間は人間らしくあるべきだといわれている」

「私の母は、この髪を気に入っています」

「だから、切りたくない？」

「どちらでもかまいません。どちらでもいいなら、現状維持を選びます」

「なら、仕方ないね」

　それきり、ふたりとも黙り込む。

　今、屋上にある小さな世界は、とても静かだ。

　相麻菫の周囲とはまるで違うな、とケイは思う。

　相麻の隣にいるとき、ケイは何時だって、少し緊張している。彼女の言葉ひとつひとつが手足にまとわりつき、気がつくと支配下に置かれている。気を抜けばケイの思考まで、彼女に奪われてしまうような気がする。

　対して春埼美空が作る世界は、セピア色の写真みたいに静かだ。ささやかな風が、ゆっくりと流れる雲の影が、際立って大きな変化に思えるくらい静かで繊細だ。ゆるやかに意識が拡散し、淡く広がる。

　ふたりの少女は、まったく反対の方法で、ケイの意識に影響する。北風と太陽の物語みたいに。

　ケイはしばらくの間、春埼美空が作る静寂を楽しんだ。その静寂は停滞に似ていた。時間が流れることを止めたようだった。ふと見上げれば先ほどまで飛んでいた鳥が、空中に止まっているかもしれない。

「浅井ケイ。ひとつ、聞きたいことがあります」

と、春埼は言った。

彼女の声が聞こえても、なぜだか静寂が壊れた気がしなかった。

ケイは視線を、春埼に向ける。

「なに？」

「母親に愛されないというのは、悲しいことですか？」

まさかそんな質問を、春埼の口から聞くとは思わなかった。

だが彼女の他には、誰にもできない種類の質問でもあった。同じ言葉を口にするだけなら誰にだってできるだろう。でも微動だにしない瞳で、あらゆる感情が抜け落ちた表情で、こんなことを尋ねられる少女をケイは春埼美空の他に知らない。

「一般的には、悲しいことなんだろうね」

おそらくは、それが正しい答えなのだと、ケイは思う。

「貴方《あなた》は、母親に愛されていますか？」

――彼女は僕のことを、もうすっかり忘れてしまったはずだよ。

そう答えたかったけれど、答えられなかった。それをケイが口にするのは、とても卑《ひ》怯《きょう》なことのように思えた。

「たぶんね」

とだけ、ケイは答える。

「ある少女がいます」

春埼の視線はケイを向いていたけれど、でもケイをみているわけではないように思えた。いつだってそうだ。春埼の瞳はもっと公平に、視界に入るすべてをみている。

「彼女は、母親に愛されたいと願っています。その方法が、貴方にはわかりますか？」

ケイは首を振る。

それがわかっていれば、あるいはケイは、咲良田には留《とど》まらなかったかもしれない。

「わかるわけがないさ。人に愛される方法なんて、場合によってまったく違う。僕はその女の子のことも、母親のことも知らない」

「知れば、わかりますか？」

「どうだろうね。わかるかもしれないし、わからないかもしれない」

「可能性があるのなら、試していただけますか？」

「試すって、どうするのさ？」

「彼女に会ってください」

いつもよりもずっと、彼女の口数が多い。

春埼美空は今、明確な望みを持っている。そんな彼女をみるのは初めてだった。

「会うくらい構わないけどね。できればその前に、事情を教えてもらえないかな？」

「私もよく、知りません。彼女は母親に愛されたいと考えています。その他に、どんな情報が必要ですか?」

年齢、性格、家庭環境。聞きたいことは、いくらでもあった。だがそんなものは、本人から聞き出した方が早いだろう。

春埼に尋ねるべきことを、今は尋ねる。

「その子の名前は?」

「クラカワマリ、です」

「君はそのクラカワさんが、母親に愛されることを望んでいるんだね?」

返答にはしばらく、時間が掛かった。

彼女はなんだか不安げに頷く。

「はい。おそらくは」

「おそらく?」

「よく、わかりません。ですが、私は彼女に協力することを選びました」

春埼は混乱している様子だった。表情を変えないままに。傍《はた》からみるとなんの変化もないのに、でも今までとはなにかが違う。

「それも君のルールで規定されていることなのかな?」

「違う、はずです」

「へぇ。じゃあどうして、君はそう決めたんだろう?」

春埼はわずかに、視線を下げた。

「以前、相麻菫は言いました。私の前には同じ形をした、ふたつの白い箱がある、と」

ゆっくりと、一歩ごとに足元をたしかめながら歩くような速度で、彼女は説明する。

――貴女《あなた》はいつも、まっ白な部屋にいて、まったく同じ形をしたふたつの白い箱と相対している。

一方だけを開かなければならないけれど、どちらが正解なのかはわからない。

もしふたつの箱にそれぞれ別の色がついていたら、好きな方の色を選んで箱を開ければいい。箱の形が違ったら、その形を理由にしてもいい。だけど目の前にあるのはいつだって、まったく同じ形をした、ふたつの白い箱だ。

どちらか一方を選択する根拠なんて、存在しない。

「私にとって、世界はそれほど平坦《へいたん》なのだと、相麻菫は言いました」

ケイは頷《うなず》く。

ふたつの箱は、選択肢だ。春埼にとって、多くの場合、選択肢は同等に無価値だという話なのだと思う。

「じゃあ今回も、君はまっ白な箱の一方を開けただけなのかな？　つまり、助けても助けなくてもいい少女を、偶然助けることに決めただけなのかな？」

「わかりません」

内心で、ケイはため息をつく。

「どちらでもいいというのなら、興味がなくなった。気が乗らないね。やっぱりその女の子に会うのは、止めておくよ」

春埼美空は視線を上げた。

相変わらず、彼女に表情はない。だからすべて、勘違いなのかもしれない。だがケイには、なんだか彼女が悲しげにみえた。

春埼の瞳《ひとみ》を覗《のぞ》き込み、ケイは告げる。

「君がどうしてもその女の子を助けたいというのなら、会ってもいい。偶然ではなく必然として、その少女を助けることを選んだのなら僕も協力しよう」

彼女はまっすぐに、ケイの目を見返した。

「私は、貴方になにかを強制する権利を持ちません」

違うんだ。強制とか、権利とか、そんな話をしているわけじゃないんだ。ただ君の前にあった箱の色が、形が、今までとは違うものだったと言ってくれれば、それでいい。

きっとふたつの選択肢の色をつけ、形を変えるのは、人の感情なのだから。春埼美空が自身の感情に従って、たしかな意志を持ってルールにない行動を選んだのだと言ってくれれば、それだけでよかったのに。

「じゃあ、仕方がないね」

そう答えるしかなかった。

クラカワマリという少女のことが気になってはいたけれど。でもケイにとって重要なのは、会ったこともない少女よりも、春埼美空だった。

自身に言い聞かせるように、内心でケイは呟《つぶや》く。

――僕はきちんと、春埼美空を理解したいんだ。

せっかく春埼が、興味を示す問題が現れたのだ。それを横から奪い取り、強引に解決しても意味はない。

――知りもしない女の子のことなんて、いくらでも切り捨ててみせるさ。

そうすることには馴《な》れている。小学六年生の夏、咲良田に留まることを決めたとき、そんなことに馴れてしまった。

もう少しだけ春埼が我儘《わがまま》なら、ケイは喜んで、彼女に協力したのに。

「わかりました」

春埼美空が頷いて、この会話は終わった。


相麻菫が屋上に現れたのは、それから一〇分ほど経ったころだった。

扉を開けるなり、彼女は言った。

「こんにちは、ケイ、春埼。早速だけど、移動しましょう」

「移動って、どこに？」

「生徒会室よ。貴方たちに会わせたい人がいるの」

頷く春埼の隣で、ケイは首を傾げる。

「ならどうして、屋上に呼び出したのさ？」

生徒会室に向かうなら、教室で待っていればよかった。

相麻菫は普段通りの笑みを浮かべる。

「春埼とふたりで話をするなら、屋上の方が気楽でしょ？」

その通りではある。でもなんだか先ほどの会話も全部、相麻には見透かされていたようで気分がよくない。

相麻はくるりと向きを変えて引き返す。春埼は躊躇《ためら》いもなくその後ろに続く。ため息をついて、ケイも歩き出した。

縦に三人、並んで階段を下りながら、ケイは尋ねた。

「会わせたい人っていうのは？」

「生徒会長よ」

「会ってどうするのさ？」

「ある能力を持ってるの。言ったでしょ？　春埼の記憶を詳細に探るって話」

能力を使って思い出すまでもなく、その会話のことは覚えていた。

――もっと詳細に春埼の記憶を探ることができたなら、きっとひとつくらいなにかみつかるんじゃない？

軽く頷いて、ケイは尋ねる。

「どうして君は、生徒会長の能力のことを知っているのかな？」

「一年生のころ、生徒会の手伝いをしていたのよ。会長とは顔見知りなの」

「それだけじゃない。君は僕の能力のことも、春埼の能力のことも知っていた」

だからケイと春埼を、無理やりに出合わせた。

「以前も答えたと思うけれど。情報というのはなんだって、適切な意思を持ち、適切な場所にいたなら、自動的に手に入るものなのよ」

「以前は言い忘れていたけれどね。そんな答えじゃ、納得できない」

階段を二階ぶん下りて、廊下を進む。

相麻は肩越しに、こちらを振り返った。

「ちゃんと教えてあげてもいいけれど、誰にも言っちゃだめよ？」

「僕は今まで一度も、喋《しゃべ》らないと約束したことを、人に喋ったことがない」

小さな声で、相麻は笑う。

「なら素直に頷いて」

仕方なく、ケイは頷く。

「誰にも話さない。約束する」

「ありがと。実はね、秘密の資料を持っているのよ。一年生のころ、生徒会の仕事で職員室に行ったときにみつけて、コピーをとったの」

そんなことが、あり得るのだろうか。生徒の能力に関する資料が、それほど乱雑に扱われることが。

まったくないとは言えない。学校では、価値の基準に特殊な歪《ゆが》みが生まれるように思う。能力に関する資料よりも、実力テストの問題の方が厳密に扱われていたとしても驚きはしないけれど。

平然と相麻は続ける。

「生徒会というのは、一見なんの価値もない集団だけど、でも情報の収集には向いているの。職員室に入る頻度が高いし、先生とも仲良くなるし、なぜだかそれなりに信頼されているしね」

「クラス委員長をしているのも、それが理由？」

「ええ。その通り」

「ところで、もうひとつ気になることがあるんだけど」

「なに？」

適切な意思を持ち、適切な場所にいたなら、情報は手に入る。

「適切な場所というのが、生徒会だということはわかったよ。じゃあ、適切な意思というのはなんだろう？」

生徒の能力に関する情報を集めようとする意思。その理由。相麻菫には、なんらかの目的がある。

相麻は足を止めた。彼女の前に、生徒会室の扉がある。

「そちらは秘密。いつかわかるわよ」

会話を打ち切るように、彼女は生徒会室の扉を、軽くノックした。

坂上央介《さかがみようすけ》というのが、七坂中学校の生徒会長の名前だ。

彼は線の細い、小柄な少年だった。――ケイよりは背が高く、歳も上だから、少年と表現することには多少の抵抗があるけれど。

ケイの記憶では、坂上はいつだって笑みを浮かべている。場合によっては馬鹿にされるような、気弱げな笑みを。全校集会なんかでもよくみる。

生徒会室にいたのは、坂上ひとりだけだった。

彼はパイプ椅子に腰を下ろしていたけれど、ケイたちが部屋に入ると同時に立ち上がった。なんだか物音に怯《おび》えるハムスターみたいな動作だ。

「初めまして。生徒会長の、坂上です」

彼の言葉は、語尾に近づくほど小さくなった。坂上に歩み寄る、ケイたちの足音で掻《か》き消えてしまうくらいに。

彼の正面に立って、ケイは微笑む。

「二年の浅井です。初めまして」

坂上はしばらく口ごもってから、手のひらでパイプ椅子を指した。

「どうぞ、座ってください」

彼は常に、なにかに対して怯えているようにみえる。全校集会では緊張しているのかなと思っていたけれど、普段からそう変わらないようだ。

ケイと春埼は坂上の向かいに、相麻は彼の隣にそれぞれ腰を下ろす。そういう形にパイプ椅子が配置されていたのだ。

坂上は相麻ばかりをみていた。

「ええと、僕は、なにをすればいいのかな？」

「能力を使って欲しいの。浅井くんから、春埼さんへ」

「ああ、うん、わかったよ」

ケイは内心でため息をついて、尋ねた。

「ちょっと待ってください。坂上さん、貴方《あなた》はどんな能力を持っているんですか？」

坂上はあくまで、相麻に視線を向けたまま話す。

「説明してないの？」

「そういえば、まだだったわね。教えてあげて」

彼はなんだか恥ずかしげに、ケイの胸の辺りに視線を移す。

「簡単に表現すると、能力をコピーする能力だよ。右手で触った相手の能力を、左手で触った相手へ」

「へぇ。能力を対象にした能力なんてものが、あるんですね」

「滅多に役に立たない。中途半端な能力だよ」

相麻がなにをしたいのかわかった。

彼女はまっすぐ、春埼の瞳《ひとみ》を覗《のぞ》き込んで、言った。

「私は貴女《あなた》に、ケイの能力を体験して欲しいの。ずっと昔の貴女を思い出すために」

ケイの能力を春埼が使えたなら、彼女はなにもかもを思い出す。もしかしたら、今の彼女が忘れてしまった記憶の中になら、感情を持っていたころの春埼だっているのかもしれない。

「なんのために、そうするんですか？」

「私が知りたいのよ。貴女が忘れた貴女を」

「わかりました」

いつものように、なんの躊躇いもなく春埼は答えた。他者に迷惑が掛からない限り、彼女がなにかを拒否することがない。

ほとんど意識もせず、ケイは口を開いていた。

「ちょっと待って。春埼、君は本当に、それでいいの？」

記憶というのは、とても強い力を持つ。それは自分自身の意思なのだから。今の人格を強引に歪めてしまうくらいに、強い力を持つ。

だが、春埼は表情を変えない。

「なにか問題がありますか？」

ケイはなにも答えられなかった。――僕が否定することではないんだ、と思う。

坂上は、相変わらず気弱げに微笑んでいる。

「じゃあ、始めるよ」

彼は立ち上がり、不安定な足取りで長机を回り込んで、ケイと春埼の後ろに立つ。それから、「失礼します」と呟《つぶや》いて、右手でケイの左肩に、左手で春埼の右肩に触れた。

囁《ささや》くほどに小さな声で、坂上は言う。

「この状態で、浅井くんが能力を使えば、春埼さんも同じ効果を受けることになる」

「たとえば僕が一年前を思い出せば、春埼も一年前を思い出す、ということですか？」

「うん。春埼さんが自由に能力を使えるようになるわけじゃないんだ。浅井くんが使ったのとまったく同じ効果を受けるだけだよ」

ケイは春埼の横顔に視線をやる。

「春埼。いつを思い出したい？」

「いつでもかまいません」

「君が決めるんだ」

しばらく沈黙してから、春埼は答えた。

「では、七歳のころの記憶を」

「どうして七歳なの？」

「とくに理由はありません。強いて言うなら、クラカワマリの年齢です」

ケイは頷《うなず》く。

「わかった。それから、目を閉じた方がいいよ。今の景色をみながら、昔の景色を思い出すと、ちょっと気持ち悪くなる」

彼女が指示に従うのを確認してから、ケイ自身も目を閉じる。

その直前、相麻の顔が目に入った。彼女はなぜだかとても真剣な表情で、こちらをみつめていた。

＊

春埼美空は目を閉じて、七歳だったころを思い出す。

七歳。そう考えても、具体的な記憶はなかった。

当時は小学二年生だった、と意識してようやく、ぼんやりと記憶が蘇《よみがえ》ってきた。小学校の教室、クラスメイト、いくつかの出来事。だがそれらは漠然としている。

浅井ケイの声が聞こえた。

「じゃあ、いくよ」

その直後。

春埼の意識が瞬間的に移動した。暗い部屋に明かりを灯《とも》すように。小学二年生のころのなにもかもが、くっきりと浮かび上がる。

浅井ケイが言う。

「僕たちは今、中学二年生で、七坂中学校の生徒会室にいる」

その言葉がなければ、自分はまだ小学二年生なのだと信じてしまいそうだった。浅井ケイの能力。それは、すべてを思い出す。あまりに明確に、濃密な過去をもう一度体験するように。

記憶の中で、春埼美空は小学校の教室にいた。

休み時間――先ほどまで国語の授業をしていて、もうすぐ算数の授業が始まる。小学二年生の春埼美空は、机の上に算数の教科書と、ノートと、筆箱を並べて、じっと授業が始まるのを待っている。そのすべてを思い出した。当時使っていた鉛筆、国語の授業で習ったこと、椅子の感触、窓辺にある白いカーテンの揺れ方まで、すべて。

周囲からは、当時のクラスメイトたちの会話が聞こえる。とても騒々しい世界だ。意識して聞いていたわけもないのに、隣の席で交わされる、男の子たちの会話まで思い出せた。――今日、だれの家に集まる？

その声に重なるように、現実の声が聞こえた。相麻菫の声だ。

「小学二年生の貴女は、なにを考えていたの？」

小さく首を振って、春埼は答える。

「なにも」

ただ座って、時間が過ぎ去るのを待っている。休み時間には授業が始まるのを待ち、授業が始まれば終わるのを待つ。その繰り返しだ。

「小学二年生の貴女は、貴女自身が定義したルールを、もう持っているの？」

今度は、頷く。

「はい。今と同じものを」

使われている言葉は幼い。だが現在とまったく同じ内容のルールを、小学二年生の春埼は、すでに自分自身に課していた。

「そのルールを作ったのはいつ？」

「思い出せません」

当時の春埼も、そんなこと覚えていない。

次に聞こえてきたのは、浅井ケイの声だった。

「そのころの君は、母親に愛されたいと、願っているのかな？」

春埼はそっと、首を振る。

「いえ」

小学二年生の春埼美空は、今の春埼美空と、本質的になにも変わらない。ただ生きているだけだ。同じ形をしたまっ白な箱をふたつ、目の前に置いて。そのふたつに差異があるとも思えないまま、ルールに従い一方を開ける。それだけだ。

ふいに頭痛を感じて、春埼美空は頭を押さえる。その痛みは瞬く間に膨れ上がり、激痛へと変わった。疲労が身体の内側から湧き上がる。痛みはすでに刺激ではなく、純粋な不快感のように感じられる。

右肩から、坂上央介の手が離れるのがわかる。その直後、あれほど鮮明だった記憶にまた靄《もや》がかかっていく。

目を開くと、相麻菫がこちらを覗《のぞ》き込んでいた。長机。パイプ椅子。ホワイトボード。

――ここは七坂中学校の生徒会室だ。春埼はもう一度、そのことを確認した。

「どうしたの？」

と、相麻は言った。

「わかりません。急に、頭が痛くなりました」

頭痛。そう感じたけれど、違ったかもしれない。ともかくなんらかの苦痛を感じた。

だがそれはもう治まりつつある。

息を整えている間に、坂上央介と、浅井ケイの会話が聞こえた。坂上は慌てた様子で言う。今までよりも早口で、その声は聞き取りづらい。

「君の能力には、なにか副作用のようなものがあるの？」

対してケイの声は、いつも通り冷静に聞こえた。

「一度に大量の記憶を思い出せば、多少は苦しいものです。日常的には経験しない量の情報を、まとめて処理することになります」

「なるほど。他には、問題はないの？」

「なにを思い出すかによります。痛いことを思い出せば当然痛いし、嫌なことを思い出すといらいらするし、悲しいことを思い出したら泣いてしまうかもしれません」

軽く首を振って、春埼は告げる。

「もう大丈夫です。続けますか？」

答えたのは、相麻菫だった。

「いえ。今日は止めておきましょう。無闇に苦しい思いをする必要はないわ」

「私が苦痛を感じることが、問題ですか？」

「ええ、とても問題よ。ケイが悲しそうな顔をするもの」

春埼は隣に座る、浅井ケイに視線を向けた。

彼の表情は、普段となにも違わないようにみえる。人の表情から感情を読み取ることは苦手だから、はっきりとはわからないけれど。

「当たり前だよ。人が苦しんでいるのを見るのは、悲しいことだ」

と、彼は言った。

平然と、わずかな悲しみも感じていない風に。

＊

「機嫌が悪そうね、ケイ」

と、相麻菫が言った。

学校からの帰り道、浅井ケイは両手をポケットに突っ込んで、相麻菫の隣を歩いていた。ケイは軽く首を振って答える。

「それほどでもないさ。いつも通りってとこだよ」

「春埼の記憶を探るのが嫌だった？　でもそれだけじゃないわね。私が行く前に、屋上でなにかあったのだと思う」

　ケイはため息をつく。

「少しは人の話を聞いて欲しいね」

「明らかな嘘を相手にしても、仕方がないもの」

「どうして嘘だと思うのさ？」

「すぐ隣にいる人の機嫌くらいわかるよ。そういうの、得意なの」

　たぶんそれは、真実だろう。

　相麻菫は人の心理を読むのが上手《うま》いし、浅井ケイは今、不機嫌だ。

　ケイは話題を変える。

「坂上さんは、変わった人だね」

「悪い人ではないよ」

「たぶん善人なんだと思うよ。でもなんだか、いつも怯《おび》えているみたいだ」

　なぜ生徒会長なんかをやっているのか、想像しづらい。

「別にいいじゃない。気が弱くても」

「ま、実害はないんだろうけどね」

「でもなにかが気に入らないのね？」

「そんなことはないよ」

「どこが気に入らないの？」

相麻は口先だけの嘘には、少しの興味も示さない。

諦《あきら》めに似た気分で、ケイは答えた。

「彼は一度も、春埼に声をかけなかった」

春埼が苦しんでも、視線さえ向けなかった。

「どうして坂上さんは、春埼に声をかけなかったんでしょうね？」

「さぁね。怖かったんじゃないかな」

「あの子を怖がる理由なんてないと思うけど」

「まったくだ。春埼は怖がられる要素なんか、ただのひとつも持っていない。吠《ほ》えるわけでも、嚙《か》みつくわけでもない。もし彼女を不気味だと感じたのだとすれば、それは自分とは違うって理由だけだよ」

傍目《はため》には、春埼美空は無機質で、まるで作り物みたいだ。

だから坂上央介は、彼女にほんの少しの嫌悪感を覚えたのだろう。その否定的な感情が、彼の様子から伝わってきた。

「それが許せないの？」

「許せないってほどじゃない。ただちょっと、気に入らない」

相麻は笑う。

「ずいぶん春埼に入れ込んでいるのね」

「春埼に、じゃない。リセットという能力の持ち主に、だ」

「その割には、ケイ。貴方《あなた》はずっと、彼女の人格のことを話してるよ。能力じゃない、春埼美空という人間について」

「能力と人格は、切り離せるものじゃない」

口に出すと言い訳じみているな、とケイは思う。だが嘘ではない。

咲良田の能力は、使用者の性質に依存する。使用者の本質か、使用者が求めているものが、大抵は能力になる。

――春埼美空は、リセットという能力を望んだのだ。

あれほど物静かな少女が。なんの望みも持たないような、ルールに管理されたアンドロイドのような少女が、リセットという強力な力を手に入れた。

少しだけ掠《かす》れた声で、相麻が囁《ささや》く。

「無表情な春埼より、リセットの方があの子の本質だと、貴方は思っているのね」

ケイは言った。それは独り言に近いものだった。

「泣いている人を見つけたとき、彼女はリセットを使うんだ」

春埼美空はひとつでも涙を消すために、リセットを使う。その行為を無意味だと自覚しながら。そんなものが。そんなに、馬鹿みたいに綺麗《きれい》なものが彼女の本心なのだとしたら、否定なんてしようがない。

小さな声で、相麻は笑う。

「貴方は春埼が、純粋な善人だと信じているのね」

「信じられないよ。でも今の時点では、疑う余地がない」

彼女はまるで、抽象化されたひとつの概念みたいだ。より純粋で、より無価値な、まるで形も持たないような、ただの善だ。

相麻はケイの耳元に口を近づける。内緒話みたいに、言った。

「私がいく前に、あの屋上で、貴方と春埼はなにを話したの？」

彼女の吐息は温く、仄《ほの》かに甘い。

「クラカワマリ、という名前の少女がいる」

母親に、愛されたいと願っている少女。

「春埼は、その少女の涙を消したいんだ」

きっと、とても強く、その涙を消したいと願っているんだ。

「それで、どうして貴方の機嫌が悪くなるの？」

思わずため息が漏れる。

「春埼はその強い感情に、まだ気づいていないんだよ。それが、嫌だ」

今さら誤魔化す気にもなれなくて、ケイはそう答えた。

3　七月

「もう一度私に、過去を思い出す能力を使ってください」

と、春埼美空が言ったのは、七月二日のことだ。

数日前から考えていたことで、南校舎の屋上に呼ばれたから口にした。浅井ケイと相麻菫が揃っていたから都合がよかったのだ。

驚いた様子もなく、相麻菫は頷《うなず》く。

「私はもちろん、かまわない。きっと坂上さんも手伝ってくれると思う。あとは、ケイ、貴方次第ね」

浅井ケイはため息をつく。世の中のことが、すべてどうでもいいのだという風に。彼は度々、そういった表情を浮かべる。

「君はどうして、過去を思い出したいんだ？」

春埼はその質問を、予想していた。浅井ケイは行動の理由を尋ねることが多い。

「私が感情を持っていた時期を、思い出したいのです」

「どうして？」

「マリの問題を解決するためです」

もうずいぶん前から、春埼は母親に愛される方法について、思い悩んでいた。だが答えは出なかった。代わりに、なぜ答えが出ないのか気づいた。

――私は誰も、愛していない。好きでも嫌いでもない。

いくら考えてみたところで、好きだという感情がわからない。

――そんなこともわからない私が、母親に愛される方法を思いつくはずがないのだ。

きっと、それは、とても当たり前のことだ。

まず春埼自身の感情をみつけなければならない。母親に愛される方法を探し出すためには、そこから始める必要がある。

感情。よくわからない言葉だ。そんなものを自覚した記憶なんて、ほとんどない。たったひとつだけ思い当たったのは、マリに制服の裾《すそ》をつかまれるときのことだ。その度に春埼は、とても些細《ささい》な違和感のようなものを感じていた。

その違和感の名前が、感情なのかもしれない。春埼は自身の制服の裾を握ってみたけれど、あの違和感はなかった。

浅井ケイが、春埼に視線を向けた。彼の視線にも感情はみつからない。

「君は昔、感情を持っていて、今はなくしてしまったのだと思っているのかな？」

春埼は頷く。

「はい」

「どうして?」

「私は涙が熱いものだと知っています。きっといつか、私は泣いたことがあるのです」

もう覚えていないけれど、おそらく。正常に涙を流せるだけの感情を持っていた時期があるのだと、春埼は思う。

軽く首を振って、ケイは答えた。

「まぁいいさ。好きにすればいい」

その日から春埼美空は、自身の感情を探し始めた。

浅井ケイと坂上央介の助けを借りて、詳細に過去を思い出し、感情を持っていたころの自分を探した。

時間を掛けて、少しずつ過去へと記憶を辿《たど》る。

目的のものがみつかったのは、二週間後——七月一六日のことだ。

その日、春埼美空は、五歳のころの自分自身を思い出していた。


道路の脇に、一匹のセミがいた。

ちょうど歩道と車道を区切る、白線の上だった。

セミは腹を青空に向けて、ジジィと音を立て、セロファンみたいな薄い羽を全力で振っていた。だが、飛び上がることはもうない。硬いアスファルトの上で小さな円を描くように這《は》い回るだけだ。

飛べないセミの姿は、ストレートに苦しみを表しているようにみえた。記号的な苦痛と絶望を、ぎゅっと手のひらに載るサイズまで圧縮するとこのセミになるのだろう、と春埼は思った。

アスファルトのセミは羽ばたき続けている。決して飛べないのに、それでも。きっと、とても疲れているだろう。アスファルトを擦る羽は痛いだろう。思い通りに動けないことは恐怖だろう。なのにそのセミは、まだ飛ぼうとしているのだ。

まだ五歳だった春埼美空は、できるならそのセミを助けたかった。これだけ苦しんでも救われないなんてことが、あるべきではないのだと思った。

だから、そのセミに手を伸ばした。親指と人差し指で、セミの硬い皮膚に触れた。セミは一層激しく羽を振り、そして動きを止めた。

ふいに動きを止めたセミの姿は、死を連想させた。生きていくために必要なエネルギーが、すべて抜け落ちてしまったようだった。セミの体は抜け殻みたいに軽い。

春埼は手の中のセミをみつめる。

やがてセミは、再びジィジィと鳴き始める。ふいにまた羽ばたき、手の中から滑り落ちる。

危ない、と春埼は思う。だがセミが硬いアスファルトにぶつかることはなかった。春埼の青いワンピースの、胸の辺りに上手《うま》くつかまる。

春埼は安心して、辺りを見回す。このセミを木にとまらせようと思った。セミは木にとまり、樹液を吸って生きるのだという事を知っていたのだ。洋服にとまっているだけでは、セミが救われることはない。

五歳の春埼は、とても小さい。大きな木の枝には手が届かない。

辺りを見回して、大人の身長ほどの生け垣をみつける。春埼はワンピースにセミをとまらせたまま、生け垣の前まで歩み寄った。

その前に立ち、再びセミに手を伸ばす。複雑な形状をしたセミの足は、ワンピースの生地を弱い力でつかんでいた。ワンピースの布が少しだけ引っ張られ、それからセミが離れる。

――ああ、そうだ。

中学二年生の春埼は、ふいに気づく。

――マリが制服をつかんだ力は、きっと、この強さだった。

とても弱い、服の裾をつかむことしかできない力に、助かりたいという意思を感じたのかもしれない。

五歳の春埼は、生け垣の細い枝にひっかけるようにセミを置く。

長い間、セミは動かなかった。

春埼はじっと、そのセミをみていた。

風が吹き、生け垣が揺れた。ほんの少しだ。なのに、その少しで、セミは落下する。

軽い音を立ててアスファルトにぶつかる。

もうセミは動かなかった。棒切れみたいに、アスファルトの上に転がっていた。いつの間にかそのセミが死んでいたことに、春埼は気づいた。

　このセミはもう二度と動かないのだ。空を飛びたいと願うこともないのだ。世界から一匹のセミが、欠落したのだ。

　先ほどまで春埼のワンピースをつかんでいた、弱い力を思い出す。だがアスファルトに転がったセミはもう、春埼の服にとまることもない。

　ふいに、涙が溢《あふ》れた。悲しくて仕方がなかった。

　目の前の死が、春埼自身に訪れたように、力が抜ける。両手をだらりとたらし、アスファルトのセミをみつめて、春埼は泣いた。

　道端で独り泣いていると、セミの声がよく聞こえた。いまだ力強く鳴く、いくつものセミの声だった。そのすべてが、いつか死ぬのだ。疑いようもなく、この夏が終わるころには、すべてのセミが死んでしまうのだ。

　そう考えて、春埼美空はまた泣いた。


　中学二年生の春埼美空は生徒会室のパイプ椅子に座り、五歳のころのすべてを思い出していた。

　膨大な情報が脳内に流れ込む感覚には、もう慣れつつあった。意識を押しつぶすような記憶の塊を、受け入れる準備はできていた。

なのに春埼美空は、顔を歪《ゆが》めて、唇を嚙《か》んだ。想定していなかった種類の苦痛が、脳ではなく胸の中心に生まれた。――熱いのか、冷たいのかの判断がつかない。だがいずれかの温度を持った苦痛だった。

相麻菫の声が聞こえる。

「どうしたの？」

ほとんど思考もせずに、答える。いや、それは相麻菫に向けた言葉ではなかった。独り言とも少し違う。自分を相手に言い聞かせるようだった。

「私は、泣いていた。ずっと」

どうして忘れていたのだろう？

――五歳のころの私は、とてもよく泣いていた。

テレビ越しに不幸なニュースを聞くたびに、周囲にあったなにかが壊れるたびに、悲しい物語を聞くたびに、あのころの春埼美空は泣いた。まだ、涙を流す機能を、失ってはいなかった。

浅井ケイの声が聞こえる。

「どうして君は、泣いていたの？」

「それは、悲しいから」

「なにが悲しいのかな？」

「色々なことが。当たり前にあるものが、すべて」

生きているものが、いつか死ぬことが悲しい。形のあるものが、いつか壊れることが悲しい。そんな当たり前のルールが、すべて悲しい。

きっとこの世界の基盤には、不幸と、悲しみがある。重力によって地面に引き寄せられるように。あらゆる人は、生き物は、物体は、悲しみへと向かう力をいつだって受けている。だって、そうでなければなにかが死ぬ必要なんてない。なにかが壊れてしまう必要なんて、ひとつもない。五歳のころの春埼美空は、日常にあるなにもかもを、悲しみで捉《とら》えていた。

浅井ケイは、落ち着いた声で言う。

「当たり前が、悲しいんだね？」

「はい」

「だから君は、なにも選べなくなったんだね？　選べなくなったから、ルールを作ったんだね？」

春埼美空の行動を定める、いくつかのルール。

彼は続ける。

「なにもかもが同様に、悲しみに繋《つな》がっているのなら。あらゆる選択肢は、無意味だ。なにを選んでも、なにも変わらない。だから君は、なにも選べなくなった。なにも選べないのに、なにかを選ばなくてはならないから、君自身の行動を規定するルールを作らなければならなかった」

そうだろうか。そうかもしれない。

あのセミに、手を伸ばしても助けられなかった。そのことを知ってしまった。結局、助けることができないのなら、死にかけたセミに手を伸ばすための別の理由が必要なのだと思った。

とても単純で、なにかを望むこともない、無機質なルールが。

「ひとつだけ教えて欲しい」

浅井ケイは普段と同じ、静かな声色で言った。

「悲しんでいるのは、誰だ？」

そんなことは、明確であるように思えた。

もちろん、春埼自身だ。理性ではそうわかっていた。

でも、不意に不安になる。あのセミの死を悲しんだのは春埼だったのか。悲しむべきなのは、あのセミ自身ではないのか。どうして春埼が、セミの死を悲しむのか。

意識もせずに、

「わからない」

と、春埼はつぶやいていた。

＊

時計の針によれば、一分にも満たないほどの、短い時間だった。

たったそれだけの間、古い記憶を思い出したことで、春埼美空は極めて衰弱しているようにみえた。

浅井ケイは相麻菫と共に、春埼を保健室に送り届けた。ベッドに横になった途端、彼女は眠りについた。それは枯葉が枝から落ちるような、静かな眠りだった。

彼女の隣に、いつまでも座っていてもよかった。そうしなかったことに、きっと理由なんてない。ケイは何気なく階段を上った。南校舎の屋上に出て、なんだかその場所にいると心が落ち着くことに気づいた。

空を見上げる。もう七月半ばの空だ。屋上の世界は完全な夏に組み込まれていた。セミの声がどこか低い位置から響く。

「どうして、あんな質問をしたの？」

と、相麻菫が言った。彼女はいつもよりも、少しだけ遠い位置に立っている。意図して笑みを浮かべて、ケイは尋ねる。

「あんな質問？」

「悲しんでいるのは、誰なのか。普通、そんなことは尋ねない」

「予感があったんだよ」

今までずっと、考えてきたのだ。アンドロイドについて、人間について、そして春埼美空について。考え続けて、ひとつの予想に至った。

彼女に欠けているものは、なんなのか。それがわかったような気がした。

「春埼に欠けているものは、いってみれば自己の認識だ。幼いころの春埼は、悲しいのが自分自身だということすら、わかっていなかったんだよ。そんなにも彼女は、自分自身を無視できるんだ」

なぜ春埼がそうなったのか、ケイにはわからない。先天的に欠けていたのかもしれないし、誰もが当たり前に学ぶことを学べなかったのかもしれない。

理由なんて、なんでもいい。きっと彼女は幼いころから、自分自身を上手《うま》く認識できなかった。

それだけですべてを説明できるように思う。

「普通、五歳の子供は、あれほどセミの死を悲しまない。世界について、あれほど極端に悲観することはない」

「ええ。そうでしょうね」

「それはきっと、みんな自分が特別だからなんだよ。面識のないどこかの誰かよりも身近な人の不幸を悲しみ、身近な誰かよりも自分自身の不幸を悲しむ。大抵の人は、そういう風にできているんだ」

そうやって、バランスを取っているのだと思う。

自分自身が特別なら、自分以外は特別ではない。遠いところにある不幸を、自分には無関係だと割り切れる。

「僕だって、そうだ。僕が傷つくのも、僕が悲しむのも、嫌なんだ。ほかの誰かの不幸よりも、ずっと嫌なんだよ」

「誰だってそうでしょ。誰だって自分のために人を助けて、自分のために人を傷つけるでしょ」

「でも、春埼美空は違う」

もしもテレビ越しに伝わる誰かの死と、自分自身の死に違いがなければ、この世界にはどれだけの数の悲しみがあるだろう。世界中にある苦しみを、いちいち当事者と同じだけの苦しみとして受け入れていたなら、生きることはどれほど難しいだろう。セミの死すら、自身の死と同様に感じているのだとすれば、日常の中にさえいったいどれだけの絶望があるだろう。

その問題を解決するために、人はフィルターを用意するんだ。自分とそれ以外を明確に区別して、他人の悲しみに鈍くなるんだ。

なのにその機能を持っていない春埼美空は、悲しみ続けることしかできなかった。きっと感情が磨耗し、それを忘れ去ってしまうまで、ひたすらに悲しみ続けた。

「きっと、間違いないと思う。彼女は自分が特別ではないから、あらゆる悲しみを、悲しみのまま受け取ったんだ」

常識的に考えれば、それは改善すべき点だ。人間として生きる上で、必要な機能が欠落しているのだろう。わかっていてもケイには、春埼美空の人格を、どうしても否定できなかった。

——それだけ苦しんだなら、普通、全部投げ出してしまうだろう？

死に行くセミを救えないのだと気づいたなら、もう、諦《あきら》めてしまうだろう。悲しみで感情が磨耗してしまったなら、もう、なにもできなくなるのが当たり前だろう。

なのに彼女は行動し続けることを選んだ。

無防備に悲しみに晒《さら》されながら、それでも彼女は物事を正しく判断するためだけに、機械的なルールを作った。

救えなくても救おうとすることを、春埼美空は自身に課した。簡単に投げ捨ててしまえるちっぽけな善意を、彼女は感情を失くしてもまだ選び続けてきた。何年も、何年もずっと。

「自分を持たない春埼だけが、正しいままでいられるのだと僕は思う」

保身も、見栄も、自己満足もなく、他者から愛されることすら望まない、ひたすらに純粋な善でいられる。自分が善だということすら認識しない、そんな存在でいることができる。

「本当に善人と呼べる人間がいるとするなら、それはきっと、春埼だ」

善意というのは、才能だ。

才能と呼ばれるものの中で、もっとも純粋なのが善意だ。

それを持たない者が、いかに努力で善人になろうとしても、生まれるのはただの偽善者だ。どうしようもなく歪《ゆが》んでいる。

春埼美空は善であるという一点において、極めて純粋な天才なのだと思う。

「それが、貴方《あなた》の倫理観なのね」

相麻菫は、小さな声で笑った。なんだか悲しげに笑っていた。

「でも春埼には、誰も救えない」

「そんなことは、わかってるよ」

純粋な善は、とても弱い。誰も傷つけないまま出来ることは極端に少ない。

相麻がこちらに近づいてくる。まっすぐケイの瞳《ひとみ》を覗《のぞ》き込む。

「人は、善人に見守られるよりも、偽善者に救われたいものよ」

「そうだろうね」

「そして、ケイ。人を救えるのは、貴方のように我儘《わがまま》な偽善者なのだと思う」

「僕は違う。僕は、偽善者ですらない」

善人を偽る勇気なんか、ない。

両親を捨てて、この街に留《とど》まることを決めたとき。絶対的な記憶力によってあらゆる罪を忘れられなくなったとき。偽善者でいることすら、できなくなった。

「今はそれでいいわ、ケイ。でも、貴方はとても強いから、いずれ逃げ出せなくなる。善人を演じるべきだと判断したなら、きちんとそれをやり遂げる」

はっ、と、ケイは笑う。

「理解できないね。僕はいつまでも、僕のままだ」

相麻菫はケイに向かって、右手を伸ばした。彼女の指の腹が、弱い力で、ケイの頬に触れる。

「そうよ。いつまでも貴方は、貴方のまま。馬鹿みたいに優しくて、潔癖なくらい悪意に敏感で、自身の正しさを信じられないまま正しくあり続ける」

「わけがわからない」

「なら、証明してみせましょう」

「へぇ。どうやって？」

「貴方にまるで、善人のような行動をさせてあげる」

相麻は右手を引っ込めて、ふいに笑みを消す。

「クラカワマリについて、調べてみたの」

「それで？」

「彼女が、病院に通っていることは知っている？　私も小さいころ、通院していた病院なんだけど」

おかしい。

彼女の発言には、矛盾がある。

「君は去年、咲良田に引っ越してきたはずだ。どうしてこの街に暮らしているマリと同じ病院に通っていたの？」

「生まれたのはこの街よ。一度出て行って、去年また戻ってきただけ」

「初耳だね」

「私の過去が気になる？」

咲良田で生まれた、というのは、なんだか気になるけれど。

「まぁいいよ。それで、クラカワマリがどうかしたのかな？」

「その病院の先生に、彼女のことを聞いたのよ」

相麻菫はじっとケイをみたまま、あごを引いて。

そして、クラカワマリという少女について、たったひとつの端的な事実を告げた。

＊

保健室で目を覚ました春埼美空は、自身の胸に手をあてた。

そこに感じた強い痛みが――それはおそらく悲しみが、もう消え去っていることを確認する。

浅井ケイの能力は決して解除することができないのだと、彼からきいている。彼は能力を使って思い出したことを忘れられない。でも、春埼の場合は違う。坂上の能力を介して、浅井ケイの能力の効果を受けた。坂上が能力の使用を止めれば、春埼からも記憶保持の能力は失われるようだった。生徒会室で思い出した、あの激しい悲しみと重みをもった胸の痛みも、すでに記憶の中でさえずいぶん色あせている。

ベッドから降りた春埼は、鞄《かばん》を手に取り、保健室の先生にもう大丈夫だと告げた。浅井ケイも相麻菫も近くにはいない。きっと先に帰ったのだろう。

保健室を後にして、靴を履き替え、校舎を出る。

セミの声が聞こえた。いくつものセミの声だ。だが中学二年生の春埼は、その声を聞いても悲しみを感じなかった。

帰路の途中、小さな公園の前を通りかかり、春埼はそちらに視線を向けた。

ひとつだけブランコが揺れていた。そこにクラカワマリがいた。会うのは二週間ぶりくらいだ。特別な意図もなく、春埼はマリに歩み寄る。

「あ、お姉ちゃん」

こちらに気づいたマリが嬉《うれ》しそうに声を上げ、ブランコから飛び降りる。彼女の肩に掛かったポシェットが、ふわりと浮かんですぐに落ちた。

マリは笑みを浮かべ、こちらに駆け寄ってくる。

これは、笑顔だ。四月末に出会って、もう三か月近く経つ。マリの表情にもずいぶん詳しくなったように思う。笑顔と泣き顔の区別がつかなくて戸惑うことはもうない。

「ブランコから飛び降りると、危ないです」

と、春埼は告げた。

マリはとても素直に頭を下げる。

「ごめんなさい」

それから顔を上げて、また笑う。

「遅かったね。今日は、会えないかと思った」

「生徒会室に行ったり、保健室に行ったりしていました」

「保健室？」

「少し体調が悪かったのです」

マリの顔が、不安げに歪む。それに気づいて、春埼はつけ足した。

「もう大丈夫です。体調は回復しました」

「そっか。よかったね」

「ええ」

おそらくは。一般に、体調不良は改善された方がいいと言われている。

――でも、あの胸の痛みは、失ってよいものだったのだろうか？

ふいにそんな疑問が湧き上がる。答えは出ない。

春埼とマリは、並んでブランコに乗った。マリがそうしたいと言ったのだ。春埼に断る理由はなかった。

小さな子供用のブランコに乗ることにも、ずいぶん慣れた。マリとの会話も、多少は上手《うま》くなってきたはずだ。

それは成長なのだろうか、と春埼は考える。

おそらくは、違う。ただ春埼の中に、新たなルールが構築されつつある、ということなのだろう。マリとの会話に適したルールが。そのルールは未《いま》だ言語化されていない。くっきりとした輪郭が生まれ、言葉に置き替えられたとき、より快適なルールになるはずだ。

ブランコに揺られながら、そんなことを考えていた。風が吹いて髪が顔にかかり、それを払いのけたとき、公園の入り口が視界に入った。そこに、知っている少年が立っていた。

――浅井ケイ。

なぜ彼が、ここにいるのだろう？

彼の帰り道は、こちらの方向ではない。彼と相麻菫はいつも学校を出て、反対の方向に歩いていく。

浅井ケイがこちらに近づいてくる。口元だけを歪める笑みを浮かべて。

「意外にブランコが似合うね、春埼」

「ブランコに、似合う、似合わないがあるのですか？」

「たぶんね。僕は似合わない」

彼はマリの前で立ち止まる。マリはブランコをこぐのをやめて、なんだか不思議そうに浅井ケイをみていた。

「クラカワマリさんだね？」

「うん」

「はじめまして。春埼と同じ学校に通っている、浅井です」

そう言って、彼は右手を差し出した。

「手？」

マリは首を傾げる。

ケイは優しげに微笑んだ。

「握手してもらえないかな」

「握手？」

「そう。手と手を繋《つな》ぐ挨拶《あいさつ》だよ」

納得した様子で、マリは浅井ケイに手を伸ばす。彼はその手をつかむ。——手のひらを握るのではない、手首まで指を回し、まるで脈を計るような。それは握手と呼ぶには奇妙な動作だった。

「良い服を着ているね」

と、浅井ケイは言う。

彼の言葉で初めて、春埼はマリの服装に注目した。チェック柄の、ノースリーブのワンピースだ。

マリは嬉しそうに頷《うなず》く。

「うん。お母さんに、買ってもらったの」

「ちょっとごめんね」

浅井ケイはマリの首の後ろに手を回し、なにかを確認したようだった。

それから彼は、マリの肩に手を置いて、言った。

「君はどこの学校に通っているのかな?」

「えと、川原坂《かわらざか》小学校」

春埼の知らない小学校だ。この辺りの学校ではない。

浅井ケイは頷く。

「ずいぶん、遠いね。どうしてこの公園に?」

「今日は検査の日だったから」

「検査?」

「検査の日は、お母さんが迎えに来るまで、ここで遊んでるんだよ」

「なんの検査をしているのかな?」

「よく、わかんない。血を採られたり、へんなテストをしたり」

「そう」

浅井ケイは、頷く。

「ところで、マリ。君にひとつ、聞きたいことがあるんだけど」

「なに?」

彼は、優しげな笑顔を浮かべたまま、言った。

「七年前、倉川真理《くらかわまり》という少女が死んだことを、君は知っているかな？」

その言葉の意味を、春埼はしばらく理解することができなかった。

＊

ほんの一五分ほど前のことだ。相麻菫は言った。

「倉川真理は、七年前に死んでいるの」

ケイは「死んだ？」と尋ね返す。とても信じられなかった。

だが相麻は表情も変えずに頷く。

「倉川真理は、上手くこの世界に生まれてくることができなかった。医者が母親のお腹を切ったとき、もう彼女は息をしていなかった」

相麻菫の話を、嘘だと笑い飛ばすことは簡単だ。そうしてしまうのが、本来であれば常識的な対応のはずだった。

でもこの街には能力がある。咲良田の能力はあらゆる常識が意味を失う力だ。なにが起こったとしても不思議ではない。

だからケイは、まっすぐこの公園にやってきた。マリの瞳《ひとみ》を覗《のぞ》き込んで、片手をつかんだまま尋ねた。

「七年前、倉川真理という少女が死んだことを、君は知っているかな？」

本当に、倉川真理が死んでいたとして。それでもなお、こんな質問をするべきではないのだと思う。七歳の女の子に尋ねるべきことじゃない。

だがケイは、さらに続ける。

「倉川真理が死んだのなら。マリ、君はいったい、誰なんだろう？」

マリの顔には、深刻な怯《おび》えが浮かんだようにみえた。彼女が息を呑《の》んだのは、恐怖によるものだと思えた。ただの戸惑いではない。ケイは内心でため息をつく。この少女はきっと、倉川真理の死を知っている。

マリはか細い、無理にしぼり出したような声で、答えた。

「私は、クラカワ、マリ、です」

「そして君は生きている。少なくとも体温を持ち、血が流れている」

いったい、どうして。この街では死者まで生き返るというのだろうか？

視界の端で、春埼が顔の向きを変えたのがわかった。公園の入り口の方をみたようだった。それにつられるようにマリも顔を上げて、つぶやく。

「お母さん」

ケイはマリの手を離す。

春埼の視線の先には、ひとりの女性が立っていた。髪の長い、白い服を着た女性だった。彼女はゆっくりとこちらに近づいてくる。

一度、彼女の姿をみてしまうと、もう視線を外せない。その躊躇《ためら》いがちな足取りを、目で追わないわけにはいかない。

——なんて、顔をするんだ。

それがマリの母親に対する、最初の印象だった。

悲しみ、苦痛、恐怖、後悔、諦《あきら》め——そういった否定的な要素がひとつずつ、彼女の表情にこびりつき、顔中の神経を刺激している。そして出来上がるのは、怒りと悲しみの中間にあるような、強張《こわば》った無表情だ。

髪は明るめのブラウンに染めている。だが彼女の雰囲気は、決して柔らかくはない。顔の皺《しわ》のせいだ、とケイは思う。目尻《めじり》と口元、共に笑顔ではできない形に皺が入っている。

マリは逃げ出すように、母親に駆け寄る。そのまま抱きつくような速度に思えた。でも彼女は母親のすぐ手前で足を止める。母親はマリに冷たい視線を向けてから、表情もなく春埼に向き直った。

「いつもありがとうございます」

「いえ」

春埼もまた、無感情な顔と声で答える。いつの間にか日は暮れかかっていた。ふたつの無表情が、赤い夕陽に照らされる。

マリの母親は、おそらく事の真相をすべて知っているのだろう。マリという少女が何者なのか、きちんと把握しているのだろう。

だがそれを、直接尋ねようという気にはならなかった。その女性の表情が、あまりに疲れ果てていたから。些細《ささい》な言葉が想像できない問題に繋がりそうな予感がした。

マリは母親の一歩ぶん後ろについて、公園を出て行く。その途中、彼女は何度か振り返って、春埼に手を振った。その姿はどこにでもいる少女のようだった。

マリと母親の姿がみえなくなってから、春埼は言った。

「クラカワマリが死んだ、ということについて、教えてください」

「そのままだよ」

ケイは相麻から聞いたことを伝える。春埼は黙って、その話を聞いていた。傍目《はため》にはなんの変化もみつからない。普段と同じ、春埼美空だった。

「春埼。君は、どうするつもりだ？」

「どうする、というのは？」

「マリのことだよ。これから、どういう風に接するのか。彼女の事情に関わるか、距離を取るのか。ひとつひとつ決めなければならない」

「今まで通りでは、いけませんか？」

「あの少女には、なにか普通じゃない事情がある。それがどういった事情なのかはわからない。でもね、ある程度の警戒が必要なんだと、僕は思う」

春埼は長い間、じっとこちらをみつめていた。ケイはその重みを持つような視線を無言で受け止めていた。

彼女が静かに首を振る。

「私が行動を変える理由はありません」

「今までと同じように、マリの友人でいるんだね？」

「友人、ですか」

「違うの？」

「いえ。そのつもりです」

ケイはため息をつく。

倉川真理は、七年前に死んでいる。そんなこと、春埼は気にも留めないだろうという予感はあった。自分自身を認識していない彼女は、なにかを不気味だと思うことも、危険な気配に怯えることもない。春埼美空は彼女自身に起こる出来事に対して、あまりに無防備だ。

ケイは春埼の瞳を覗き込む。そのたびに作り物みたいな、綺麗《きれい》な瞳だなと思う。

「好きにすればいいいさ」

「はい」

「でもね、もし君があの少女の幸せを目指そうとするなら、方法を選ぶな。なにがいちばん正しいのか考え続けろ。君のルールを越えて、全力を尽くせよ」

純粋な善意は無意味な祈りのようで、胸の前で手を合わせていてもなにもつかみとれない。必要なのはその先だ。手を伸ばす我儘《わがまま》な意志だ。この少女の中にもそれはあるはずなのだ、とケイは思う。ただルールに従う春埼美空ではなくて。そのルールを作った春埼美空が、どこかにいるはずだ。

春埼はなにも答えなかった。じっとケイをみつめるだけだった。

その瞳から逃げ出すような心境で、ケイは言った。

「三日に一度はセーブするように気をつけて。僕と君の能力があれば、大抵の問題には対処できる」

ケイは春埼に背を向ける。そのまま、歩き出した。

正体のわからない、漠然としたなにかに苛立《いらだ》ちながら。

＊

独り廊下を歩きながら、窓越しに夕暮れの空を眺めて、相麻菫は考える。

――アンドロイドとは、なんだろう？

相麻にとってそれは、すでに答えの出ている設問だった。

アンドロイド。人間そっくりに作られた、人間ではない何か。

それはプログラムによって稼動する。どれだけ人間そっくりにみえても、仮に自我が目覚めたとしても。結局は、そういうプログラムが組み込まれていたのだという意味でしかない。

管理されたルールの内側に囚《とら》われ、決して踏み外すことができない存在。それが相麻菫の定義するアンドロイドだ。

――アンドロイドは、だれ？

浅井ケイはいずれ、あの質問の意味に気づくだろう。だがそれは、今ではない。現在の予定では二年後、もう相麻菫がいない世界で、だ。

生徒会室の前で足を止め、軽くノックをしてから、ドアを開ける。部屋の中では、坂上がひとりパイプ椅子に座っていた。

「まだいたのね」

「うん。君の鞄《かばん》があったから、戻ってくると思ってね」

にっこりと笑って、相麻は「ありがとう」と答える。

すべて予定通りだ。生徒会室を出るときには、鍵《かぎ》を掛けて、それを職員室に返しにいかなければならない。鍵は坂上が持っていることを知っていて、この部屋に鞄を置いたままにしていた。

同じように、これから交わすべき会話もわかっている。もうずっと前から、そんなことは知っている。

鞄を手に取りながら、さりげない口調で相麻は言った。

「春埼が怖いんでしょう？」

坂上は奇妙な声を上げた。無理に文字にするなら、アとウの中間みたいな声だった。

視線を向けると、彼は笑みを消していた。とても珍しいことだ。普段の坂上はいつも申し訳なさそうに微笑んでいる。作り笑いでもにこにことしてさえいれば、あらゆる問題が頭の上を過ぎ去るのだと信じているのだろう。

くぐもった声で、彼は答える。

「そんなことはないよ。ちっとも、怖くない」

「そう？　私は、春埼が怖い」

もちろん嘘だ。

だが今は、こんな風に話すべきなのだと知っていた。だから続ける。

「彼女はなんだか、作り物みたい。たまに、とても薄気味悪くなる」

こんな言葉をケイに聞かれると、きっと嫌われるだろうな、と相麻は思う。だが仕方がないのだ。これがいちばん正しい選択なのだから。

坂上が息を呑《の》むのがわかる。それから、ゆっくりと頷《うなず》いた。

「わかるよ。でも君は、春埼さんの友達なんだと思ってた」

「できるなら友達になりたいけどね。でも私には、春埼を受け入れることができない」

この言葉だけは、本心だった。どうしたところで春埼美空の友人にはなれない。

坂上は安心したように笑う。

「よかった。ずっと、僕が変なんだと思ってたよ」

「変って、どうして？」

「春崎さんと、あとは浅井くんも。なんだか、まともじゃないと思ってたんだ。でも後輩を相手に、そんなこと考える方が変なんだろう、って」

まとも、という言葉について、相麻は考える。

それはおそらく、凡庸だということだ。大多数から平均値を算出し、それを中心とした一定の範囲を指す言葉が、まともだ。なにもかもが壊れて、その中にひとつだけ正常なものが混じっていたなら、正常な方がまともじゃない。壊れている方が、まともだ。

「そうね。彼らは、まともじゃない」

少なくともあのふたりは、大多数の平均ではない。

同意を得られたことに安心したのだろう、坂上は頷く。

「どうして君は、あの子たちと一緒にいるの？」

「ふたりが困っているからよ。相手が誰だったとしても、困っていたら助けるべきだと思わない？」

「そう。君は、いつだって優しいね」

優しいはずがない。平気でこんな会話をしているのだから。

だが相麻は答える。

「貴方《あなた》だって、同じでしょう？　気味が悪いと思いながら、ケイたちに協力しているんだから」

「僕は彼らに協力してるんじゃない。君に協力してるんだよ」

ひと呼吸置いて、坂上は続けた。

「ねぇ、君はいつも優しい。それは素晴らしいことだけど、でも浅井くんたちとは、もう少し距離を置いた方がいいんじゃないかな？」

できるなら、否定したかった。

浅井ケイと、春埼美空。あのふたりの正当性を大声で主張したかった。彼らがどれだけ誠実で、善良なのか、いくらだって語れる。過去も、今も、未来までみんな含めて証言できる。本当にそうしたかった。激しい飢餓感にさえ似ている。胸の底から衝動が湧き上がる。なのに、言葉にできない。

相麻菫は未来を知っている。この場面でケイや春埼を擁護したときになにが起こるのか、知っている。坂上はケイたちへの不満を募らせ、彼らを避け始める。坂上がいなければ、今後の予定がすべて狂ってしまう。

ここでケイたちを肯定してはならない。目的を見失ってはいけない。エラーは取り除かなければならない。多少でも坂上を安心させるために、わざわざこの部屋に鞄を残していったのだ。私は貴方の仲間よと、嘘をつきにきたのだ。

だから相麻は曖昧《あいまい》に頷く。

「そうね。坂上さんが言うなら、考えてみる」

坂上は安心したように微笑む。彼は相麻を見捨てられず、だからケイたちとも関係を持ち続けることになる。目的は達成した。とても気分が悪かった。

会話を打ち切るために、尋ねる。

「貴方の目からみて、私は正常なのかしら？」

坂上は、平気な顔で微笑む。

「うん。君は誰よりも、正常だよ」

「それはよかったわ」

だとすれば。きっと坂上央介には、正常でいることしかできない苦しみなんてわからない。最適解を選び続けてしまう生き方なんて、想像もできない。

坂上はなにかを言いたそうに、相麻の方をみていた。拾われたがっている捨て犬のような目だった。一緒に帰りましょう、と提案すれば、彼が喜ぶことはわかっている。今後のことを考えると、そうした方がより良いのかもしれないけれど、必須《ひっす》ではない。なら今はできるだけひとりになりたかった。

「坂上さん。わざわざ待っていてくれて、ありがとう」

それじゃあさようなら、と告げて、相麻は生徒会室を出る。

なにもかも順調だ。すべてが予定通りに進行している。当たり前だった。だって未来を知っているのだから。相麻自身が望む結末へと続くルートを、正確に辿《たど》っているのだから。

――でも、私は、
階段を下りながら、相麻菫は考える。

――ただ予定をこなすだけの私は、人間なの？

最適な未来に繋《つな》がる、厳密なルート。

相麻菫はそのルートを、踏み外すことがない。ルートを踏み外した先には望む未来がないことを知っているから。相麻の理性が他の選択肢を選ぶことを許さない。

完全なプログラムで制御されているように。未来視という能力は、絶対的な力を持って、相麻菫の行動を支配する。

――アンドロイドは、だれ？

もっとも人間からかけ離れているのは、いったい、だれ？

4　八月

足元をスズメが、小さく跳ねながら移動している。

公園のベンチに座った春埼美空は、そのスズメの姿を目で追っていた。

八月一三日。夏休みに入ってもう、三週間ほど経つ。春埼は通学路の途中にある小さな公園に顔を出すことが習慣になっていた。いつクラカワマリが現れてもいいように。

ひとりきり、このベンチに座っている間、いつも考えていることがある。

――私は人の感情を、理解することができるだろうか？

いつからだろう、もうひと月以上もずっと、春埼は感情を探している。マリの感情を理解し、彼女の母親の感情を理解しなければ、マリが抱えた問題を理解できないだろうと思った。

だけど感情はどこにもなかった。図書室にも、映画館にも、古い玩具《おもちゃ》が詰まった箱の中にも、どこにも。

五歳のころ、あのセミを助けようとして助けられなかったとき、春埼はたしかに感情を持っていたはずなのに。いつか、どこかの段階で、それを失くしてしまった。

どうすれば感情がみつかるのだろう。

浅井ケイ。彼ならその在《あ》り処《か》を、知っているのだろうか？　――そう考えて、疑問に思う。なぜ思考が彼に繋がったのかわからない。春埼の目からは、浅井ケイは同級生の中でも、感情の起伏が少ないように思えた。

気がつけば足元のスズメは飛び立っていた。春埼はなにもない地面をみていた。もうすぐこの公園に来て、三〇分経つ。今日はマリがやってこない日なのだろう。

春埼は自問する。

――マリが来ないことは、悲しい？

答えは、すぐに出た。

――悲しくない。

そしてベンチから立ち上がり、歩き出す。誰もいないブランコが視界に入った。感情を持つ人は、たとえばこんなものにも、なにかを感じることができるのだろうか？　ただそこにあるだけの遊具にも。

公園を出る。マリの声が聞こえたのは、そのときだった。

「お姉ちゃん」

と、彼女は言う。通りの向こうから、まっすぐにこちらに走ってくる。いつものような笑みを浮かべることもなく、荒い息遣いで。

「助けて、お姉ちゃん」

ああ、彼女は今、悲しんでいる。そうなのだろうと、春埼は思った。

「なにがあったのですか？」

「逃げないと。捕まる。お母さんに、会えない」

訳がわからなかった。ともかく彼女は、なにかから逃げているらしい。

「わかりました。では、逃げましょう」

と、春埼は言った。

ふたり、手を繋いで、真夏の午後四時三〇分を走る。八月の太陽はまだ高い。

春埼が目指したのは、人通りが多い方向だった。

商店街のファストフード店をみつけ、そこに駆け込む。店内はそれなりに混雑していた。ここならそう簡単にはみつからないだろう。

前の通りを見通せる窓際の席に腰を下ろして、春埼は大きく、息をついた。熱気が絡まっていた気管に、冷房の効いた店内の空気を流し込む。ふと、汗が冷えてマリが風邪をひかないか気になった。

春埼は荒れた息で尋ねる。

「誰から、逃げているんですか？」

マリは答えない。ただ、首を振るだけだ。

「どうして、追いかけられているんですか？」

彼女はまた、首を振った。彼女も事情を知らないのだろうか？

状況を理解できなければ、どう対処していいのかもわからない。警察に向かうべきだろうか。彼女の母親に連絡をとるべきだろうか。思い悩んでいると、マリはとても小さな声で喋《しゃべ》り始めた。

「黒い服の人が、お母さんはもういなくなった、って」

「その人が、貴女《あなた》を追いかけているのですか？」

「私が悪いの。私が、ニセモノだから」

会話が成り立たない。諦《あきら》めて春埼は、マリの小さな声に耳を澄ませる。

「ホンモノは、もういないから、ダメなの。私がニセモノだから、たぶんお母さんは、いなくなったの」

ホンモノ。ニセモノ。思い出したのは、浅井ケイから聞いた話だった。――倉川真理は、七年前に死んでいる。

マリの表情は歪《ゆが》んでいた。泣いているのだ。春埼がそう理解したとたん、マリは涙を流した。泣きながら、春埼のワンピースをつかんだ。とても弱い力。それはきっと、助かりたいと願っている力だ。

春埼は辺りを見渡す。窓の外、通りの向こうに、黒いスーツの男をみつけた。ひとりではない。視認できるだけで三人いる。彼らは辺りの店内を覗《のぞ》きながら、こちらに近づいてくる。

咄嗟《とっさ》に、マリの手を取って席を立った。

「窓の外をみてください。貴女を追いかけているのは、彼らですか？」

マリは目を擦《こす》り、小さく頷《うなず》く。

ここにいては、いずれみつかってしまうだろう。だが外に出て、逃げ続けることはできるだろうか？　一体いつまで、逃げればいいというのだろうか？

――リセット。

と、春埼はつぶやこうと思った。

マリは泣いていて、外には黒いスーツの男たちがいる。全部、やり直そうと思った。

だが、浅井ケイの言葉を思い出す。

――君がひとりでリセットを使うことは、無意味だ。きっと君がリセットを使っても、女の子が泣きやんだりはしない。

そんなことは知っている。もう一度、同じことを繰り返すだけだ。リセットではなにも解決しない。

――もし君があの少女の幸せを目指そうとするなら、方法を選ぶな。なにがいちばん正しいのか考え続けろ。君のルールを越えて、全力を尽くせよ。

考えている。ずっと、考えている。なのに思いつかないのだ。一体、どうすればいいのか。どうすればマリが笑うのか、わからないのだ。

「お姉ちゃん」

マリが、春埼にしがみつく。その手に小さな青色の封筒を握っているのがみえた。見覚えのある封筒だった。以前、相麻から春埼が受け取り、マリに渡したものだ。

――お守りみたいなものよ。困った時に、開いてみて。

そうだ。マリはあのとき、封筒をポシェットにしまった。いつも肩からさげているポシェットに。

彼女はずっと、この封筒を持ち歩いていたのだろうか。こんなもので救われると、信じているのだろうか。

「その封筒を、貸してください」

封筒を開いてみることに、意味があるとは思えない。リセットと同じように。きっとそんなことで、マリが救われたりはしない。

だが、他に頼るものもなかった。これでだめなら、どこかに逃げ出そう。捕まるまで逃げて、リセットしよう。無意味だとしても、他の方法がわからない。

春埼は小さな封筒を破って開く。中に入っていたのは、小さなメモ用紙だった。

そこにはハイフンで区切られた、いくつかの数字が並んでいる。

この封筒を受け取った時、相麻は言った。

――それから貴女のお願いを、きちんと言葉にするの。そうすると、お願いが叶《かな》うようになってるから
その意味を、春埼美空は理解した。

数字の隣には綺麗《きれい》な字で、浅井ケイ、と書かれていた。

*

そのとき、ケイはベッドに寝転がり、古いミステリ小説を読んでいた。

もうずいぶん前に買ってきたものだ。初めの方だけ読んで、本棚に仕舞い込んでいた。好みに合わないわけでもないのだけれど、なんとなく読み進める気にならない。そんな本だった。

二章の終わりに人が死んで、ページをめくろうとしたとき部屋の扉がノックされた。叩《たた》き方でわかる。中野智樹のノックだ。

ケイは起き上がり、扉を開ける。

「電話だ、ケイ」

智樹はにやにやと笑いながら、コードレスの子機をケイに差し出した。

「ん、ありがと」

ケイはそれを受け取って、通話ボタンを押す。智樹は相変わらず笑みを浮かべたまま、勝手に部屋の中に入った。

電話機を耳に当てると、すぐに声が聞こえた。春埼美空の声だった。

「浅井ケイですか？」

「うん」

フルネームで名前を呼ばれるというのは、なんだか気持ちが悪い。

「お願いがあります。私は、マリを助けたい。協力してください」

思わず、笑みの形に口元が歪む。

「状況を説明して」

「マリが何者かに追われています。相手は複数人の成人男性です。彼らから、逃げ切る必要があります」

驚きはしなかった。クラカワマリという少女については、不審な点がある。彼女の周りでなにが起ころうと、受け入れるつもりでいた。

ケイは尋ねる。

「警察には？」

「まだです。すぐに連絡します」

「いや。しない方がいい」

社会的な正義がマリの味方なのか、まだわからない。

「ともかく合流しよう。今、どこにいる？」

「商店街です。学校の、少し南西にある」

ケイは目を閉じ、彼女がいる景色を思い出す。

「公衆電話を使っているね？　コンビニの前？　それとも、薬局の前？」

商店街には、その二箇所にしか公衆電話がない。

「薬局の方です」

と、春埼は答える。

「そこから西の方向に進むと、バスの停留所があるのを知っているかな？」

「いえ」

「すぐ右手に脇道があるね？　そこに入って、最初の角を左に。大通りに出ると停留所がある」

ケイは室内の時計に目を向ける。同時に、その停留所の時刻表を思い出す。

「二分後に東へ向かうバスが来る。走れば間に合うから、それに乗って。三つ目の停留所で合流しよう」

「わかりました」

その声が聞こえた直後、電話が切れた。

相変わらずにやにやと笑みを浮かべたまま、智樹は言う。

「なんだ、デートの誘いか？」

「似たようなものだね。逃避行に誘われた」

「おお、マジか。青春だな」

「君もついてきて欲しい」

「ん？」

「女の子はふたりいるんだよ」

ケイはコードレスの子機をベッドに投げ捨てる。

それから、口元だけを歪めて笑う。

「さあ、急ごう」

「おお。いつになく活動的だな」

「当たり前だよ。女の子が助けを求めてるんだ。僕たちには全力を尽くす義務がある」

中野智樹も、笑って答える。

「よくわからんが、その通りだ」

その会話が終わるころには、ふたりとも靴を履き終えていた。

精一杯自転車を漕《こ》いで、一〇分後には約束の停留所についていた。ケイが乗ってきた自転車は、彼の持ち物ではない。中野智樹の父親に、自由に使っていいと言われているものだった。

上がった息を整えながら、智樹は言う。

「女の子ふたりって、片方は春埼だよな？」

「もちろん」

「もうひとりは相麻か？」

「違うよ。君の知らない子だ」

「可愛いのか？」

「うん。春埼よりも、ずっと」

智樹は口笛を吹く。彼は音を出すことはなんだって得意だ。

「春埼も充分、可愛いだろ。変な奴だけどな」

「どうかな」

ケイは春埼美空を、可愛いと思ったことがない。彼女を表す言葉は、綺麗、だ。どこまでも純粋に、濁りも歪《ゆが》みもなく、綺麗。

間もなくバスが停留所に到着した。

マリの手を引いて、春埼がバスを降りてくる。ふたりともワンピースを着ている。春埼は淡い水色の、マリはチェックの一部分だけを拡大したような、太いラインが斜めに入ったワンピース。

マリをみて、智樹はつぶやく。

「もうひとりの女の子って、あの子か？」

「うん。可愛いでしょ？」

「間違いない。でもオレはもうちょい、胸が大きい方が好きだ」

こちらに気づいた春埼が、小走りに近づいて来る。彼女は一度、口を開き、しかし言葉が思いつかなかったのかまた閉じた。とても人間味のある動作にみえた。

ケイは微笑む。

「後ろに乗って。移動しよう」

「わかりました」

隣では智樹が、マリに名前を聞いている。マリは静かに、うなだれていた。泣きつかれたように。

春埼を後ろに乗せて、ケイは自転車を漕ぎ始める。がしゃん、がしゃんと音を立て、自転車のチェーンが回る。午後五時を少し回っている。日が暮れるのは、まだもう少し先だ。

後ろにマリを乗せた智樹の自転車が、隣に並ぶ。

「どこに行くんだ？」

「停留所なんてわかりやすい場所じゃなければ、どこでもいい。とりあえず一度、君のうちに帰ろうか」

背中に春埼の手が触れていた。彼女に触れるのは初めてだな、とケイは思った。きちんと体温のある、人間の手のひらだ。

「春埼。事情を説明してもらえるかな？」

「よく、わかりません」

「君が知っていることだけでいい」

春埼美空は、ゆっくりと話し始める。

公園の前で、マリに会ったこと。彼女は黒いスーツの男たちに追われていたこと。マリが偽物で、本物ではないから母親がいなくなったのだと告げたこと。

それでだいたい、推測できた。死んでしまった倉川真理と同じ名前を持つ少女。彼女が頻繁に、検査を受けていた理由。彼女を追っている人たちの正体。そしてマリが、母親に愛されなかった理由。

ケイは尋ねる。

「君が前回、セーブしたのはいつだ？」

普段よりも小さな声で、彼女は答えた。

「一昨日《おととい》の、午後九時過ぎです」

よかった。ちゃんとセーブしていたようだ。

次の質問は、マリに尋ねるべきことだった。それは間違いなく、マリを傷つける質問だ。うなだれている幼い少女をこれ以上傷つけることが、正しいとは思えない。

——でもね、切り捨てることには、馴《な》れているんだよ。

内心でそうつぶやいて、ケイは尋ねた。

「マリ。君は、能力によって作り出されたんだね？」

彼女は答えない。智樹の後ろで、ほとんど真下を向いている。

「きっと君の母親は、本物の倉川真理が死んだとき、能力を得た。死んでしまった倉川真理と同じ子供を作り出す能力を。その能力で作られたのが、君だね？」

マリは小さく、頷《うなず》いた。

ケイの背中に触れた、春埼の手に力がこもるのがわかる。——きっと僕は、春埼美空の感情を揺さぶるためだけに、こんなにも残酷な質問をしたんだ。そう思った。

相麻菫の言葉が、また蘇《よみがえ》る。

——アンドロイドは、だれ？

まさか彼女が、こんなことまで想定して、あの質問をしたのだとは思えないけれど。

クラカワマリ。

この少女は、人間そっくりに作られた。

能力によって、人工的に作り出された存在だ。

二年後／八月三〇日（水曜日）

高校一年生になった浅井ケイと春埼美空は、テトラポットの上に座っていた。静かな夕陽に照らされて、ケイが目を開くとまだ、春埼はまっすぐにこちらをみつめていた。囁《ささや》くように、彼女は言う。

「写真の中の相麻菫は、本物の彼女ですか？　本当に写真の中から彼女を連れ出すことで、相麻菫が生き返ったといえるのですか？」

この疑問を彼女が口にするのは、初めてではなかった。

相麻菫を写真の中から連れ出す、その計画を話したとき、春埼は同じことを尋ねた。

——きっと春埼は、マリのことを思い出している。

あの、死んでしまった倉川真理そっくりに作られた少女のことを。

たしかにマリと写真の中の相麻菫は、境遇がよく似ていた。どちらも本物が死に、能力によってそっくりな存在が生み出される。

以前と同じ答えを、ケイは返す。

「僕には、わからない」

まったく同じように作られただけの存在を、同一人物だといって良いのか、ケイにはわからない。

「でもね、春埼。そんなことを、決めてしまう必要なんてあるのかな。そこに彼女がいるのなら、ただ笑って、話しかければいいんじゃないかな」

本心だが、もちろん不安もある。

死んだ人間を再生しようとしているのだ。それも、未来視の能力者だ。ケイは同じ能力を持っていた女性――名前すら失い、魔女と自称した女性の生涯を知っている。蘇ったところで、相麻菫の人生が平穏なものになるとは思えない。

――きっと彼女は、僕がこういう風に悩むことも知っていた。

だから写真の中の相麻は、右手でマクガフィンを差し出している。

彼女の右手にあるマクガフィンは、ケイに対するメッセージだ。ただの小さな石ころが、すべてを計画したのは相麻自身なのだと伝えている。彼女自身が蘇ることを望んでいるのだと、ケイに対して主張している。

相麻菫の意図は、まだわからない。どうして死ぬ必要があったのだろう。どうしてまた写真の中から、この世界に現れようとしているのだろう。彼女はいったい、何のために命をかけたのだろう。みんなわからない。わかっているのは、なにもかも彼女が未来をみて選んだ予定通りの出来事なのだということだけだ。

――でもね、相麻。僕はとても、我儘《わがまま》なんだよ。

けない。


彼女の考えなんて、関係ない。

「僕は写真の中から、相麻を連れ出す。そう決めた」

ケイ自身の我儘として、とても身勝手な願望として。彼女の死をそのままにしておけない。

春埼美空は、頷いた。

いつものように、とても素直に頷いて言った。

「わかりました」

たぶん相麻は、ずっと苦しんでいたのだろう。その苦しみに、彼女は気づいて欲しかったのだろう。だから初めて三人で顔を合わせた日に、あんな質問をしたのだ。

――アンドロイドは、だれ？

私の苦しみに気づいて、と、訴えていたんだ。平気なふりをして笑いながら。なのにケイはあの夏、春埼美空のことばかり考えて過ごした。

相麻菫は、強いのだろう。中学二年生の少女として、彼女はあまりに強すぎたのだろう。だから未来視の能力を踏み外すことができなかった。どんなにつらくても、彼女はまっすぐに歩き続けることができてしまった。誰にも苦しみを悟られないまま、ゴールに辿《たど》り着いてしまった。

彼女がもう少しだけ弱ければよかったのだと、ケイは思う。

もしもそれが最善手ではなかったとしても、彼女が望む未来が、その先にはないのだとわかっていても。もう少しだけ手前で足を止められたなら、彼女はきっと死ななくてよかった。なのに。

不敵で、孤独で、気まぐれな、まるで野良猫みたいな彼女はきっと、世界中の誰よりも自由という言葉からかけ離れたところにいた。生み出されたときから機能を停止するときまで、すべてがプログラムによって制御されているように。相麻菫は、未来視という能力に支配されていた。

「ケイ」

と、春埼美空は言った。

彼女はなんだか気弱にみえる表情で、こちらの顔を覗《のぞ》き込む。

「泣いているのですか？」

懐かしい台詞《せりふ》だ。二年前にも、聞いた台詞だ。

二年前とは違った言葉で、ケイは答える。

「いや。僕は笑っているんだ」

相麻菫の再生。あるいは彼女にそっくりな人間の誕生。どちらであったとしても、これから起こることを笑って迎え入れるべきなんだ。無理をしてでも今は、笑っていないといけない。

それはきっと、相麻菫がすべてを知りながら、最後まで笑っていたように。

3話　ある夏の終わり

1 八月一三日（金曜日）――スタート地点

日が暮れかかっていた。

デスクの前にある窓からは、赤い光が射し込んでいた。肌に染み込むような、細く鋭利な夕暮れの光だった。

時計の針は午後六時四五分を指している。浅井ケイと、春埼美空と、クラカワマリは、中野家の離れにいた。

春埼とマリは部屋の隅に並び、共にうつむいている。ふたりを交互に眺めて、ケイは尋ねる。

「マリ。昨日のことを、教えてくれるかな？」

彼女はなにも答えなかった。わずかに頭を動かしただけで、顔を上げることもなかった。隣の春埼も、同じような動作でマリの方をみた。まるで姉妹みたいだ、とケイは思う。似ているところなんてどこもないはずなのに。

「君がお母さんに会うために、必要なことだ」

そう告げると、マリはようやく、少しだけ視線を上げた。

「昨日の、こと？」

「そう。昨日、君がなにをしていたのか。君のお母さんは、なにをしていたのか。そういうことを教えて欲しい」

マリが答えるまでには、少し時間がかかった。

それは疲れきった人が、再び動き出す覚悟を決めるまでの時間なのだろう。本当なら小学二年生がそういった種類の疲れ方をするべきではないのだ。もし疲れ果ててしまったなら、すぐに眠ってしまうべきなのだ。なにもかも忘れて。

でも今は、ゆっくりマリの回復を待つ余裕がない。きっとほどなく状況が変わるはずだ。

マリは答えた。

「昨日は、ずっと家にいたよ。お母さんは、いなかった」

「お母さんは、出かけていたんだね？」

マリは頷《うなず》く。

「朝に出て行って。だから、ひとりで待ってたの。夜になっても、帰ってこなかった」

「それじゃあ、今朝は？」

「いた。一緒に、病院に行ったの」

「君が眠っている間に、帰ってきたんだね？」

「うん」

「君は、何時に眠ったの？」

マリは首を振った。覚えていない、ということだろう。

「病院には、バスで行ったの？」

彼女はもう一度、首を振って答える。

「車に乗ったよ。ツシマさんの車」

「ツシマさん、というのは？」

マリは答えなかった。

代わりに春埼が、口を開く。

「保護者の、代理のようなものだと言っていました」

「そう。ありがとう」

ケイが質問を止めると、マリはまたうつむいた。作り物みたいに小さな手を伸ばし、春埼の手の甲にそっと触れた。

マリにかけるべき言葉を、ケイは探す。必ず母親に再会できると約束すれば、彼女は少し救われるかもしれない。でも、口にはしなかった。マリを励ます言葉を、春埼が言うことを期待していた。

マリの救いになるのは、春埼美空であるべきなのだ、とケイは思う。少なくとも自分ではない。どんな言葉でもいい、春埼が口を開くのを、ケイはじっと待っていた。言葉ではなかったとしても、彼女がマリの手を握り返すのを待っていた。でもそれは訪れなかった。

　やがてノックもなくドアが開き、中野智樹が姿をみせる。彼にはマリの家に電話をかけるように頼んでいた。

「どうだった？」

　と、ケイは尋ねる。

　智樹は抑えた声で答えた。

「だめだ。誰も出ない」

　予想できたことだ。マリの母親は、きっともう咲良田にはいない。

　智樹は、春埼に視線を向ける。

「お前は一度、家に戻った方がいい。マリちゃんのことはオレたちに任せて」

　春埼は答えない。代わりになぜだか、こちらをみた。

　ケイは首を振って答える。

「いや。ここにいるべきだよ。これからなにが起こるのか、君は見届けた方がいい」

　春埼は小さく頷く。智樹が音をたてて、息を吐き出した。

「これから起こることって、なんだよ？」

「すぐにわかるさ。そう時間がかかるとも思えない」

「だから、なにが起こるんだ？」

「さぁね」

はっきりとはわからない。今、わかっていることでも、口にするべきではない。事の成り行きに任せておいた方がいい。

智樹は頭を掻《か》いて、またドアに向かう。

「なにか食えるもん探してくるよ。みんな、晩飯まだだろ」

返事も待たずに、彼は部屋を出る。音をたててドアが閉まった。

余韻が消えてから、春埼は言った。

「浅井ケイ。貴方《あなた》はどれだけ、事情を理解しているのですか？」

「どうかな。だいたいみんな、わかってると思うけどね」

「教えてください。私はどうすればいいのですか？」

「もうしばらくはここにいろ。それから先は、君がしたいようにすればいい」

ケイは胸の中でつぶやく。

――僕にとって重要なのは、春埼美空のことだけだ。

これから現れる設問に、彼女がどんな答えを出すのか。これまでのルールを誠実に守り続けるのか、それともまったく別の目的をみつけるのか。

それが、すべてだ。声には出さずにつぶやいて、ケイは彼女をみつめる。

「ねぇ、春埼。君はよく、ルールという言葉を使うね」

「はい」

「教えてくれないかな。そのルールを」

「必要なことですか？」

「いや。でも今は他に、することもない」

　春埼美空は頷く。

「ルールのうち、大きなものはみっつです。私は基本的に、このみっつに従って物事を判断しています」

「うん。ひとつ目は？」

「周囲の環境に強い悪影響を与える可能性がある行動を、私は選びません」

「人には迷惑を掛けない、ということだね？」

「はい」

「じゃあ、ふたつ目は？」

「ひとつ目に反しない限り、私は提案された事柄を肯定します」

「人の指示に従う、ということだ」

「はい」

「では、最後だ。みっつ目は？」

「泣いている人をみつけたとき、私はリセットを使います」

　思わず、笑い出しそうになる。

　一体、なんだ、この少女は。その思考は、あまりに徹底している。シンプルで、論理的で、優しい。

　ケイは尋ねた。

「春埼。ロボット工学三原則というのを、知っているかな?」

「いえ」

「アイザック・アシモフというSF作家が作った。フィクション作品に登場するアンドロイドに、よく組み込まれているルールだよ」

「それが?」

「君のルールに、とてもよく似ている」

　ケイはロボット工学三原則について簡単に説明する。

　ひとつ目は、人間に危害を加えてはならない。

　ふたつ目は、人間の指示に従わなければならない。

　みっつ目は、自身を防衛しなければならない。

「番号が小さいものほど、優先度が高い。ひとつ目とふたつ目は、君のルールとまったく同じだ」

　興味もなさそうに、春埼は頷く。

　ケイは続けた。

「でも、みっつ目が違う。それが素晴らしい」

「どういう意味ですか?」

「君が人間だという意味だよ」

三原則に従うアンドロイドは、人を傷つけず、人の指示に従い、自己を守る。そこに能動性はない。ただ、人に迷惑をかけないだけだ。

でも春埼美空は違う。最後のひとつで、能動的に行動する。自分の意思で、人の涙を消し去ろうとする。

——なんて美しいんだろう。

と、ケイは思う。

この少女の思考は、美しい。あまりに美しく、あまりに脆《もろ》い。

「よく、わかりません」

「うん。わからなくていいんだ」

人に教えられるようなことじゃない。春埼美空は、自身で定義したルールの三番目に込められている美しい感情に、自分自身で気づかなければならない。

心の底から微笑んで、ケイは言う。

「ところで、アンドロイドたちの三原則には、ゼロ番目がある。最初はなかったけど、必要になって後からできた。それがなんだかわかるかな？」

「いえ。わかりません」

「考えてみてよ。もし君のルールにゼロ番目を作るなら、どんなルールにするのか」

ゼロ番目。

もっとも番号が小さく、もっとも優先されるべきルール。

春埼は小さく、頷《うなず》いて。

その直後、部屋の扉がノックされた。中野智樹のものではない、ケイが初めて聞くリズムのノックだった。

扉の前には、手足の長い男が立っていた。

二十代の半ばだろうか。髪はぼさぼさで、無精ひげが生えている。黒いスーツはよれていて、威厳というものがなかった。

夕陽で伸びた影の中で、彼は言った。

「管理局の者です。クラカワマリを引き取りに来ました」

これまでにケイが顔を合わせた管理局員とは、ずいぶん様子が違う。ほかの管理局員は皆、皺《しわ》ひとつないスーツを着て、一様に無個性だった。

ケイは視線を室内に向ける。春埼美空の表情をみたかった。

彼女の顔に、大きな変化はない。ただつぶやいただけだ。「ツシマさん」と。

ツシマ。マリの保護者代理を名乗り、今朝マリたちを車に乗せて病院まで送った男の名前だ。

ツシマはマリに向かって微笑んだ。

「さあ、一緒に帰ろう」

それは予想外に、柔らかな声だった。優しく、人間味のある、だがどこかに諦《あきら》めの混じった声だった。

　マリは春埼の後ろに隠れる。

　ケイは尋ねた。

「帰るって、どこにですか？」

　ツシマは笑みを消し、つまらなそうにこちらをみる。

「あの子がいるべき場所に、です」

「そこにマリの母親はいますか？」

　ツシマはそっと首を振る。

「彼女はもう、戻ってきません。管理局にマリを引き渡し、この街を出ました」

「マリの存在を忘れるために、ですか？」

「ええ」

　予想していたことだった。

　咲良田を出れば、能力に関する知識を忘れる。能力で生み出した、マリのことを忘れることができる。マリの母親が望んだのはそれだろう。能力によって生み出された子の母親ではなく、七年前に死産を経験した、ただの女性に戻りたいと願ったのだろう。

　春埼が口を開く。

「事情を説明してください」

　ツシマは首を振る。

「もう全部、決まったことです」

それからほんの小さな声で、「マリの前でしていい話ではありません」とつけ足した。

ああ、この人は優しいんだな、とケイは思う。優しくて、善良だ。

ケイは言った。

「話してください。マリだってもう、事情は知っています」

子供というのは、大人の知られたくない感情を知っているものだ。知っていて、本能的に知らないふりができる。

ツシマはケイに視線を向ける。睨《にら》むような目だったが、悪意は感じない。どこか寂しげに観察する目に思えた。

彼はケイにだけ聞こえる小さな声で、ぼそりと言った。

「ただ知っているのと、言葉で聞くのとはまったく違います」

そうかもしれない。

「でも、マリは当事者です。彼女にきちんと説明しないのは、おかしい」

「ええ。おかしい。でも間違っていることを選ぶべき場合だってあります」

ケイはため息をついた。この男と口論しても仕方がない。

「では、部屋を出て話しましょう。春埼には、きちんと事情を説明してください」

「その必要はありません」

「ありますよ。今後の、春埼とマリの関係に影響が出る。春埼はマリの友人だ。貴方《あなた》はマリから、友人まで奪うんですか？」

自身の言葉に、嫌気が差す。ひどい言い方だ。だがこの男には効果的な言葉だろうという気がした。勘違いでなければ嬉《うれ》しい。

ツシマはざっと室内を見回し、窓で視線を止めたが、結局は頷く。

「わかりました」

と、諦めたように、彼は言った。

ケイは春埼に声をかける。

「行こう」

「どこにですか？」

「すぐ、扉の前だよ。この部屋から出よう」

春埼はマリの手を引いて、立ち上がる。

ケイは首を振った。

「春埼。君ひとりだけだ」

彼女は不満げな目つきでこちらをみていた。でも、気のせいだったのかもしれない。

彼女の表情は普段となにも変わりはなくて、その瞳《ひとみ》に映り込んだケイの顔の方が不満げだったのかもしれない。

春埼は結局、マリの手を離した。

もう日は暮れていた。

太陽が沈み、だが完全な闇が空を覆う前の時間だ。湿り気を帯びた空気は紺色に染まっている。その中で、一日の余韻みたいに、まだセミが鳴いていた。

離れを出て、ドアを閉めて、ツシマは口を開く。

「なにを話せばいいのですか？」

「今回の出来事に関する事情を、全部」

「話せないこともあります」

「マリが能力によって作られた存在だということは、もう知っています」

倉川真理は、死産だった。

それを悲しんだ真理の母親は、能力を得て、マリを作った。

ツシマは首を振る。

「そう。しかし彼女はあるときから、マリを自分の子だと信じることができなくなりました」

「あるとき、というのは？」

「はっきりとはわかりません。でも、マリの父親は、初めからマリを受け入れられませんでした。彼は三年間我慢して、結局は逃げ出しました。その頃からです」

彼は視線を下げて、ぼやくように言う。

「ひとつひとつをみれば、理解できないことではありません。子供が死んだとき、母親がその子を取り返す能力を手に入れたとして、責められますか？」

ケイは首を振る。

「いえ」

頷いて、ツシマは続ける。

「能力で生まれてきた子供を、自分の子として愛し続けることができなくなったとして、それを責められますか？」

答えることには、躊躇《ためら》いがあった。

愛し続けるべきなのだ、とケイは思う。だが、結局、また首を振る。

「いえ」

ケイは本物の両親さえ愛し続けることができなかった。ただ泣くだけで、切り捨てることができた。マリの両親を責める権利なんか持っていない。

ツシマは息を吐き出して、疲れた風に続ける。

「それだけのことです。去年、倉川真理が死んで、六年経ちました。七回忌が終わったころから、彼女はマリと離れて生活することを考えていました。それでも一年間、我慢して、疲れ果てて、今日ようやく咲良田を離れました」

彼の語る言葉のひとつひとつが、ため息のように聞こえた。彫刻刀で木を削るように諦め続けながら語っているような声だった。

「納得できません。母親は、きっとマリを愛そうとしていたはずです」

愛せなくても、愛そうと努力したはずだ。その痕跡《こんせき》はみつけていた。

「マリの爪も髪も、綺麗《きれい》に手入れされています。それに着ている服も良い」

子供服としては高級なブランドの名前を、ケイは口にする。どうしても愛せない娘に、高価な服を買い与える母親のことを想像した。

もちろんそんなもの、隅まで想像し切れるはずがない。でも彼女はなんらかの形で、まだマリを愛していると証明したかったのではないか？　それは努力というには、あまりに安直な方法なのかもしれない。あるいはつまらない言い訳なのかもしれない。でももちろんそれが本物の愛情だった可能性だって、ないわけじゃない。

なんであれそこには、葛藤《かっとう》の跡がある。切り揃えられた爪も、手入れされた髪も、高価な服も。ひとりの女性が自身の娘を愛したいと葛藤した痕跡のように思う。

ツシマは静かな声で告げる。

「彼女の顔をみたら、驚くよ。実年齢より一〇歳は老け込んでみえる。白髪と皺《しわ》が多いんだ。それに、爪を噛《か》む癖が直らなくなった。なのに口癖みたいに、自分が悪いんだと言う。子供を愛せない自分が悪いんだって繰り返す。理屈じゃないんだ。どうしようもないことだ」

彼の口調から、敬語が抜け落ちていた。きっとこの男も、疲れ果てているのだろう。当たり前に、管理局員だって疲れるのだろう。

ケイは無理をして、口元に笑みを浮かべる。

「貴方は、卑怯《ひきょう》ですね」

「卑怯？」

「管理局側の立場から話をしていない。マリの母親に、咲良田を離れるよう提案したのは、管理局じゃないんですか？」

確信はなかった。だが、管理局はマリを手に入れようとしたはずだ。

「その通りです」

吐き捨てるように、その管理局員は答える。

「能力で作られた人間を、見過ごせるわけがない。命を作り出す能力なんてものは、秘匿されなければなりません。そんなもの、問題しか生まない」

たしかにこの会話は、マリの前ではできない。

あの小さな女の子は、きっとそのことを、きちんと理解しているのだろうけれど。それでも問題しか生まない能力で生まれてきたなんて、大人が彼女の前で、口に出していい言葉じゃない。

ケイは尋ねる。

「マリは、人間なんですか？」

ひどい言葉だ。嫌悪感に塗《まみ》れた言葉だ。

「少なくとも検査した限りでは、人間と見分けがつきません」

「管理局としては、幸運なことですね」

「ええ」

「彼女を、どうするつもりですか？」

「普通の子供として育てます。マリ自身にも、自分が普通の子供だと信じ込ませる。事情を知っている人間は少なければ少ないほどいい。そう考えたとき、彼女の母親が邪魔だった。だから咲良田から出て行くよう提案しました」

ケイは意図的に、ツシマが苛立《いらだ》つよう質問したつもりだった。

だが彼は最後まで、抑えた口調で答えた。部屋の中のマリに配慮したのだろう。万が一にも、この会話が聞こえてしまわないように。やはりこの人は善人だ。

笑みを浮かべたままで、ケイは言う。

「つまり、管理局はより多くの人の幸福を優先したわけだ。問題となりそうな能力を秘匿し、母親からマリの記憶を奪って、小さな女の子がたったひとりだけ犠牲になる方法を選んだ」

「はい。それが、管理局です」

「貴方《あなた》は管理局の判断が、正しいと思いますか？」

「子供が泣くようなことが、正しいわけがない」

「でも、間違っていることでも、選ばなければならないんですね？」

その管理局員は笑った。

はっ、と声を上げて、投げ捨てるように答えた。

「そんなわけがない。選ぶべきじゃないから、間違ったことなんだよ」

初めて彼の返答が、ケイの予想から外れた。

「矛盾している。貴方は、なにがしたいんですか？」

「なんにもしたくないよ。こんな面倒事、関わり合いたくもない」

「でも、貴方は関わっている」

「したくないことをするのが、仕事なんだよ」

ケイはため息をつく。きっとこの男も、様々なことに納得がいっていないのだ。それがわかっただけで充分だった。

「話は終わりです。マリを連れて行く」

ツシマは扉に手を伸ばす。

ケイはその腕をつかんだ。

「それを選ぶのは、貴方じゃない」

そう告げて、春埼美空をみつめる。

「君が選べ、春埼。マリをこの人に――管理局に引き渡すのか」

もう一度、胸の中で繰り返す。

――僕にとって重要なのは、春埼美空のことだけだ。

彼女が自身のルールを越えて、感情をみつけることができるのか。それがすべてなんだ、と繰り返す。

春埼は長い間、無言だった。

ツシマは腕をつかまれたまま、黙って成り行きを見守っていた。ケイの力はそれほど強くない。強引に振り払うこともできただろう。でもそうはしなかった。

春埼は搾り出すような声で、言った。

「浅井ケイ。手を、放してください」

「それで、いいんだね？」

「はい。マリは、管理局に引き取られるべきだと、私は判断します」

浅井ケイはため息をついて、ツシマの腕を放した。

――でも春埼には、誰も救えない。

と、耳の奥で相麻菫が言った。

＊

ツシマに手を引かれて立ち上がったマリは、泣いてはいなかった。

春埼美空は扉の外から、じっとその様子を眺めていた。隣を通り過ぎるとき、マリは春埼の方に手を伸ばそうとしたようだった。だがその手の動きは、春埼のワンピースをつかむ前に止まった。

胸が痛かった。セミの死について悲しんでいた、五歳のころのように。その痛みがずきんと跳ねたとたん、なにもみえなくなった。春埼美空は得体のしれない暗闇の中にいた。

より多くの人が、幸福になる選択を選ぶべきなのだ。周囲に悪影響を与える選択は、選ぶべきではないのだ。そして管理局は、より多くの人を守るために行動する。

春埼自身が設定したルールが、そう言っていた。それに従って判断した。

なのに、なぜだろう。胸が痛い。悲しみなんて感じるはずがないのに。こんなにも、こんなにも、涙のように頬が熱い。

――反対ならよかった。

と、春埼は思う。

――マリが、普通の子供で。アンドロイドのような私が、人工的に作られた存在ならよかった。

きっとそれが、正常な形なのだ。

春埼美空は、母親に愛されることを望まない。なにかを望むことがない。

――私がマリなら、よかった。

なにもみえない、得体の知れない闇の中で、春埼は考える。

反対であれば、誰かが悲しむことなんてなかったのに。なのにマリはマリで、春埼は春埼だった。きっと、どこかの誰かが間違えたのだ。間違えて配置してしまったのだ。なんて残酷な失敗なのだろう。だから胸の深い場所が痛い。

暗闇の中で、ふいに声が聞こえた。

「まだ間に合うよ」

それが浅井ケイの声だと気づくのに、しばらく時間がかかった。

「春埼美空。今、君の前には、ふたつの選択肢がある」

相麻菫の話を思い出す。

まったく同じ形をした、ふたつの白い箱。どちらを選んでも、なにも変わらない。春埼美空にとって、それは共に無価値なものだ。でも片方を選ばなければならないから、単純なルールを作った。

ケイの声が続ける。

「一方を選べば、なにも変わらない。すべてこのままだ。でももう一方を選べば、あるいはマリを助けられるかもしれない」

彼の言葉は、静かで優しかった。

場違いに優しい声のまま、彼は言った。

「マリを救うのか、このまますべて受け入れるのか。君には本当に、ふたつの選択肢が同じ形にみえているの？　本当に、同じ色にみえているの？」

選択肢。色。形。――同じ？

春埼美空は、目を開く。開いてから、先ほどまで自分が、目を閉じていたのだと気づいた。得体の知れない闇なんて、ありはしないのだ。ただ目を閉じていただけだ。

まず視界に入ったのは、ぼやけた浅井ケイの顔だった。彼はとても誠実で、切実な表情を浮かべて、じっとこちらを睨《にら》んでいた。

「答えろ、春埼美空。君は本当に、この選択に無関心でいられるのか？」

春埼もまっすぐに、ケイの顔を睨み返す。

「そんなわけが、ありません」

「なら、選ぶんだ。君が君の感情で、選ぶんだ。偶然ではなく必然として、確かな意志を持って、一方を選ぶんだ」

春埼美空は答えた。

「私は、マリを助けたい」

彼は笑う。優しい笑みではなかった。口元だけを歪《ゆが》めて、不敵に。不可能などないのだという風に。

「君が望むなら、そうしよう」

「可能なのですか？」

「僕と君の能力があれば、大抵の困難は乗り越えられる。今日の記憶を忘れないまま、より幸福な結末を目指して、僕たちはやり直すことができる」

浅井ケイは、落ち着いた声で。

平然と、世界に対して宣言するように。

「春埼。リセットだ」

そう言った。

2　八月一二日（木曜日）——前日

その日が訪れるのが二回目だということに、春埼美空はまだ、気づいていなかった。

八月一二日、木曜日。

午後二時を少し回ったころ、自宅の電話が鳴った。

電話の相手は相麻菫だった。彼女は言った。

「学校の屋上に来てくれない？　ケイが呼んでいるの」

断る理由もない。

「わかりました」

と春埼は答える。

「それじゃ、屋上で会いましょう」

そう言って、相麻菫は電話をきった。

春埼は制服に着替えて、家を出る。

八月の、いちばん暑い時期だ。夏はピークを迎え、これから終わりへと向かう。いつも通りの歩調でも、額には汗が滲《にじ》んだ。

途中、公園を覗《のぞ》いてみたけれど、マリはいない。まだ彼女が現れる時間ではない。足を止めることもなく、春埼は学校に向かった。

もうひと月以上もずっと、春埼は感情を探している。だからこの街には、いくつもの感情が溢《あふ》れていることに気づいた。

自転車に乗って走っていく小学生たちの笑い声がある。弾むようなリズムで歩く着飾った女性の歩調がある。木陰で汗を拭《ぬぐ》うサラリーマンの吐息がある。きっとそのすべてに、複雑な感情が混じっているのだ。春埼には理解できない感情が。

春埼は同年代の少女とすれ違う。

その少女は小さな声で、鼻歌を囁《ささや》いていた。

鼻歌。――それも、理解できない行為だ。歌というものの意味がよくわからない。音楽の授業で歌わされたことならあるけれど、自主的に歌った記憶はない。

試しにふんふんと言ってみるが歌には聞こえなかった。なんのリズムなのか、春埼自身にもわからない。

校門を潜り、七坂中学校に入る。

この学校にも、無数の感情がある。校庭ではサッカー部員が声を上げている。プールの方からは歓声が聞こえた。校舎から聞こえる吹奏楽部の演奏にも、なんらかの感情はあるのだろう。

なのに春埼には、それがわからない。多彩な世界が、自分だけはモノクロにみえているのだと思った。色のない校庭を歩き、色のない校舎に入る。足音を階段に響かせて、まっすぐに南校舎の屋上を目指して進む。

階段の、いちばん上にあるドアの前に立った。灰色の四角いドアだ。他の人たちにはこれが、別の色、別の形にみえているのだろうか。こんなところにも、感情はあるのだろうか。

わからないままドアを開ける。

風が吹いていた。夏の光は鋭利に尖《とが》り、その場所を照らしていた。空は青く、雲は白い。でも春埼には、本当にその色を認識できているのか確信が持てなかった。感情を持っていたなら、空も雲も、まったく別物にみえる可能性だってある。

屋上には、相麻菫と、坂上央介と、中野智樹と、そして浅井ケイがいた。

春埼は浅井ケイの前に、まっすぐに歩み寄る。

彼は言った。

「春埼。君は、感情を思い出さなければならない」

「はい」

「だから、始めよう」

浅井ケイは坂上央介を見て、「お願いします」と、言った。

坂上央介はこちらに歩み寄り、春埼と浅井ケイの肩に手を置く。

「目を閉じて」

浅井ケイの能力で、春埼がなにかを思い出すための手順だ。もう何度も繰り返し、いつの間にか慣れてしまった。

「いつを、思い出すのですか？」

「すぐにわかる」

拒否する理由もなくて、指示に従う。春埼は目を閉じた。

「いくよ」

と、声が聞こえた。その直後。

春埼美空は、明日の――八月一三日の記憶を、取り戻した。

マリ。能力によって生み出された少女。母親の消失。黒いスーツの管理局員。春埼自身の思考。浅井ケイの言葉。そして、リセット。

思い出した。なにもかも、なにもかも、すべて。でも重要なのはひとつだけだ。明日の記憶の真ん中には、鋭利な痛みがあった。胸の底の血が流れているところが、重く、深く痛む。

――ああ、私は今、悲しんでいる。

明日知るはずの悲しみを、今日思い出している。

目を開く。屋上の世界。空は青く、雲は白い。

感情を手に入れれば、それらはもっと、鮮明にみえるような気がしていた。だが、違う。先ほどまでよりもずっとぼやけている。

春埼美空は自身の瞳《ひとみ》に、少しだけ涙がたまっていることに気がつかなかった。ただ、感情は視界を歪めるのだということだけを理解した。

浅井ケイは、笑って、

「僕たちは、女の子の涙を消しに行こう。そんなもの、この世界から消し去ってしまおう」

そう言った。

＊

浅井ケイは春埼美空の瞳にたまった涙をみつめていた。

「僕たちは、女の子の涙を消しに行こう。そんなもの、この世界から消し去ってしまおう」

そう口にしながら、相麻菫の言葉を思い出す。

――貴方《あなた》にまるで、善人のような行動をさせてあげる。

そして、本物の倉川真理が死産だったことを告げた。

あのときから、すべてが予定されていたのではないか、という気がする。もちろん、そんなわけはないはずだ。マリの母親や、管理局や、春埼美空や。この出来事に関わっている全員の行動を、相麻菫がすべて予想していたなんていうのは、現実味がない。でも彼女が言った通り、ケイは今まるで偽善者のように振る舞っている。

「それで、どうするつもりなんだ？」

と、中野智樹が言う。

彼と相麻、坂上にはすでに事情を説明している。明日の朝、ある女性が咲良田を出ること。それにより、ひとりの少女が深く傷つくこと。そこには管理局と、子供を作り出す能力が関係していること。

ケイは答える。

「問題は明白だよ。母親が、自分の娘を愛し続けることができなくなった。なら彼女の愛情を取り戻せばいい」

次に口を開いたのは春埼だった。

「どうやって、ですか？」

「それを今、君は体験したはずだよ。僕の能力をマリの母親にコピーすれば、彼女もマリへの愛情を思い出すかもしれない」

「それで、問題は解決しますか？」

「わからない。でも、やってみる価値はある」

ケイ自身もそうだった。能力を手に入れてすぐに、両親への愛情を思い出した。人は自分の記憶の影響を強く受ける。

春埼に向かって、ケイはできるだけ軽く笑う。

「もしだめだったら、別の方法をみつけるよ」

本心ではまったく別のことを考えていた。今回の件には、どこかに諦《あきら》めるべきタイミングがあるのだろうと思う。マリたちの問題のゴールを決める権利を、ケイは持っていない。母親がマリへの愛情を思い出してなおこの街を離れたいというのなら、それを受け入れるしかない。マリの幸せも、彼女の母親の幸せも、ケイに定義できることではない。でもとりあえず今はやれることをやってみるしかない。

ケイは坂上に向き直る。

「協力してもらえますか？」

彼はいつもの笑みを浮かべていた。いかにも善人のような、気が弱そうで頼りなくみえる笑みだ。

「もちろん。親が子供を捨てていくのは、よくないことだと思う」

坂上を信用してよいのだろうか。判断がつかないが、彼の能力は必要だ。

彼の隣で、相麻が首を傾げる。

「ひとつ、わからないことがあるんだけど」

「なに？」

「どうして中野くんがいるの？」

「おいおい、委員長。なんかその言い方、ひどくね？」

智樹がぼやく。委員長、と呼ばれる相麻は、なんだか新鮮だ。

ため息をついて、ケイは答える。

「いいかい、相麻。智樹は意外と便利だ。いないよりはいた方がましな程度には」

「それは知ってるよ。面倒事も女の子が頼むと必ず引き受けてくれるし、掃除も案外真面目にやるし。クラスにひとりはいて欲しい人ではあるけれど」

「ならいいじゃないか」

「学園祭でもやるのなら、もちろんいた方がいいよ。でも今回は、そういう話じゃないでしょ？」

まぁ、たしかに。マリの母親を咲良田から追い出したがっているのは管理局なのだ。大きな構図では、ケイたちは管理局の決定に逆らうことになる。不用意に協力者を増やしていい状況ではないけれど。

「なんかお前ら、さらっとひどい話をしてないか？」

顔をしかめる智樹に、ケイは尋ねる。

「なにが？」

「いや、オレの扱いについて」

「どこがさ？　むしろ過剰に絶賛してるよ」

「それこそどこがだよ？」

「いないよりはいた方がいいなんてこと、僕は滅多に言わない」

いい。

「おお、たしかにな」

冗談のつもりだったけれど、納得されてしまった。まあ無意味な口論を続けるよりは
相麻菫は、意地の悪そうな笑みを浮かべる。

「仲が良いのね」

「ま、それなりにね」

ケイにとって、このメンバーの役割は明確だった。

坂上央介は、その能力が必要だ。相麻菫は、坂上の協力を取りつけるのに効果的だ。

彼女がいなければ坂上の善意だけを信じるしかなくなるし、それはやはり心許《こころもと》ない。春埼美空はマリに懐かれている。そもそも今回の事は、春埼が中心にいなければ意味がない。ケイはあくまで、春埼の協力者だ。

そして、中野智樹。彼の役割は、いってみれば、ケイにとっての保険だ。あらゆる状況で、智樹だけは決してケイを裏切らないと断言できる。予想外の事態が起きたとき、無条件で信用できる人間がいるのはありがたい。いないよりはいた方がいい。

ケイは話を戻す。

「このままだと、マリの母親は明日、咲良田を出る。つまり僕たちは、それまでに問題を解決しなければならない」

智樹が軽く首を傾げる。

「能力を使うだけだろ？　そう難しいことじゃない」

「マリの母親は、家にはいないよ。今日は夜遅くまで外出している」

「どうしてわかるんだ？」

「春埼がリセットする前に、マリに確認した」

少なくともマリが眠るまで、母親は帰ってこない。そして翌朝は、ツシマに送られて病院に行く。ツシマが付き添っているのはおそらく、マリが病院に通っている理由に管理局の事情があるからだろう。管理局としては、能力で作られた人間を調べないわけにはいかないはずだ。

「ともかく、マリの母親に接触できるタイミングは限られている。今夜遅くに帰宅するときが、いちばんの狙い目だと思う。明日、病院までの移動中は管理局員に送られるから、ちょっと難しいね」

坂上が、不安げに顔をしかめた。

「つまり、夜通し張り込むつもりなのかな？」

「マリの母親が帰ってくるまでは、そうなります。家の人には適当に、帰りが遅くなる言い訳をしておいてください」

今すぐできることは、特にない。

＊

それぞれが、ばらばらと屋上の出口へと向かう。

相麻菫は浅井ケイを呼び止めた。目的の未来に到達するために必要な手順ではない。ただ彼と話をしたかったのだ。この会話では未来が変化しないのだと知っていた。

――ケイとの会話が好きだ。

その時間は心地いい。

――未来の彼を、眺めているのが好きだ。

相麻菫は未来を知る能力を持っている。その能力は、会話によって発動する。会話を交わしている間だけ、相手の未来を覗《のぞ》きみることができる。

「なんの用かな？」

と、彼は言う。いつも通りの、落ち着いた口調だった。でも程近い未来で、彼は少しだけ戸惑った表情を浮かべる。相麻はそのことを知っている。それがとても楽しみだ。

こつん、こつんと足音を立てて、ケイに歩み寄る。

「どうしても、気になることがあるんだけど」

「へぇ。なんだろう」

彼のすぐ目の前で立ち止まり、耳元で囁《ささや》くように、相麻は言った。

「春埼美空を、どうしたいの？」

「どう、とは？」

「貴方《あなた》は、自分を特別視しない春埼に興味を持った。あの稀有《けう》な人格こそが、理想的な善なのだと考えた」

「否定はしないよ」

保身も、見栄も、自己満足もなく、他者から愛されることすら望まない、ひたすらに純粋で、形も持たないような。自分が善だということにさえ無自覚な、純粋な善。

まるで意味を持たない祈りのような、ひとりの少女。

——それが、彼の理想だ。

あまりに徹底していて、病的にさえみえる。浅井ケイが定義する、もっとも美しい人間だ。

「なのに今、貴方は、彼女に感情を植えつけようとしている。意図してそちらの方向に春埼を変化させようとしているようにみえる」

「そうだね」

「貴方は矛盾している。貴方がいちばん美しいと思うものを、貴方自身が、壊そうとしている」

「そうかもしれない」

「どうして？　貴方がその矛盾に、気づいていないとは思えない」

その答えを、相麻菫は知っていた。

知っていて、尋ねた。言葉にしてみたかったのだ。

浅井ケイは笑う。口元だけを歪《ゆが》めて。

「なんとなくだよ。ただの気まぐれだ」

相麻菫も笑う。できるだけ柔らかく、優しく。

「嘘つきね」

「おや。信じてもらえないのかな？」

「信じているわよ。貴方のことは、誰よりも」

さらに一歩、相麻はケイに近づく。

とても近い位置で、彼の瞳《ひとみ》を覗き込んだ。

「貴方は春埼が、純粋な概念みたいな善でいるよりも、普通に泣いて、笑うことができる、ただの女の子になることを望んだんでしょ。貴方の理想よりも、彼女の幸せを優先したんでしょ」

首を振って、ケイは答える。

「僕が自由にリセットを使うには、彼女のルールが邪魔なんだ。だからあの子がありきたりな女の子になってくれると都合がいい。それだけだよ」

「貴方は、とても嘘つき」

本当は、彼女の幸せを望んでいるだけなのに。この少年は悪ぶって答えてしまう。

ケイが春埼を綺麗《きれい》だと言ったように、相麻にとって、浅井ケイはどこまでも綺麗だ。春埼美空のように純粋ではない。でも混沌《こんとん》を知りながら、それでも純粋な願いを忘れられない彼が、いちばん美しいのだと相麻は思う。春埼美空のように完全な善ではない。でも悪意を知りながら、それでも善を愛し続けられる彼が、なによりも強い善なのだと相麻は思う。誰もを救いたいと願う彼こそが、本当に救われるべきだ。

——未来視なんて能力、なければよかった。

こんなものがなければ、浅井ケイに、特別な感情を抱かずにすんだ。

初めてテトラポットの上で会話したとき、彼の未来をみていなければ。彼がどれだけ強固な優しさを持っているのかを知らなければ、ただ少し変わった少年だと思い込むだけでよかったのに。

浅井ケイの未来はどこまでも、優しくて、悲しい。いつだって自分の善性を疑ったまま、それでも誰かのために行動し続ける。成長して、やがて老いて、命が尽きるときまでずっと、苦しみ疲れ果てながらそれでも美しい彼であり続ける。ひとつひとつに傷つきながら、それでも壊れずに。それは自分自身に対して残酷なくらい、徹底して浅井ケイであり続ける。

そんな人間を相麻は、ケイのほかに知らない。思えば彼はその能力から残酷だ。いったいどんな理想に身を置いていたら、忘れないなんて救いのない能力を手にできるのだろう。

未来を知る能力は、彼のすべてを相麻菫にみせつけた。浅井ケイの未来を覗きみたとき、彼は、相麻菫にとって特別になった。そうならざるを得なかったのだ。強力な未来視はひとめぼれ以外の恋を許さない。

——まったく、こんなの反則だ。

未来のすべてに好意を持ってしまった相手に、無関心でいることなんて、できるはずがないのだから。

全身から力を抜いて、相麻はケイにもたれかかる。戸惑った表情を浮かべて、彼は相麻の体を受け止める。

「大丈夫？　どこか、悪いの？」

珍しく慌てた様子の、彼の声。普段よりも少し幼く聞こえて、なんだか可愛い。

「どうかしらね。もしかしたら、大丈夫ではないかもしれない」

たまに、彼を抱き締めたくなる。とてもシンプルに、自分の力で、この少年を縛りつけたいと思う。

相麻はケイの背中に手を回し、声には出さずに囁く。

——ねぇ、ケイ。知っている？　私がその気になれば、貴方を綺麗に騙《だま》してみせることだってできる。

未来を知る能力があれば、彼が気に入る言葉だけを語って過ごすことだってできる。

どんな些細《ささい》な動作だって、答えを盗み見ながら問題集を解くように、彼が理想とする女の子を演じてみせられる。

——でもね、ケイ。それでも貴方は、春埼美空が好きなの。

こんな、不意打ちみたいな方法でしか、抱き合うことはできないのだ。だからどれだけ頑張ってみても、春埼美空の友人にはなれない。欲しいのに手に入らないものを、簡単に奪っていく彼女を、受け入れられるはずがない。

相麻菫は、浅井ケイの背中に回した腕に、もう少しだけ力を込めた。

＊

ドアの手前で、春埼美空はその光景を眺めていた。

浅井ケイに聞きたいことがあって、下りかけた階段を途中で引き返してきたのだ。明日——八月一三日の記憶を思い出して、彼が言ったことが気になった。

春埼美空のルールにゼロ番目を設定するとしたなら、その内容はなんなのか。そのことについて、彼ともう少し話をしたいと思った。

——私は今、私が設定したルールに反した行動を取っている。

ルールに従い、マリを管理局に引き渡したはずだったのに、それが間違いだったと感じている。ルールに修正が必要だ。変更か、追加か。そう考えて、彼が語った、ゼロ番目のルールのことを思い出した。

だから屋上に戻ってきた。屋上では、浅井ケイと、相麻菫が抱き合っていた。声を掛けるべきだろうか？　だがルールのゼロ番目に関する話は、それほど急を要するものではない。

――ゼロ番目は、もう少しひとりで考えてみよう。

そう決めて、春埼は踵《きびす》を返し、階段を下りた。


ゼロ番目のルールについて考えてみても、なにも思いつかなかった。

午後五時二五分、春埼美空は待ち合わせ場所の停留所に到着した。ほかの四人は、もうすでに揃っていた。

クラカワマリの自宅は七坂中学校からは少し離れている。春埼たちはバスに乗って、咲良田を北西の方向へと進む。

午後六時には、マリが住むマンションの前に到着した。背の低いマンションの三階、右端がマリの部屋だ。

春埼美空と中野智樹は、その窓とマンションの入り口が見える道路にいた。

「ひとりよりふたりの方がいい。変に姿を隠そうとするよりは、ただ中学生が立ち話をしているようにみせた方が怪しまれずに済む」

と、浅井ケイは言った。

彼と相麻菫、坂上央介は、どこかに行ってしまった。あまり大勢でいない方がいいというのも、浅井ケイの意見だった。

春埼はマリの母親の顔を知っているし、連絡も中野智樹がいれば問題ない。

彼の能力は、離れた相手に声を届けるというものだ。正確には彼が聞いている音をそのまま、時間を指定して目的の相手に届けることができる、という能力だと説明を受けた。相手の顔を知らなければ音を届けられないが、電話よりも目立たない。一方通行でいい連絡には最適だと浅井ケイは言った。マリの母親が戻ってくれば、すぐに彼らに報告できる。

午後六時三〇分。辺りが暗くなってきたころに、マリの部屋に明かりがついた。あの明かりが消えるまでは、おそらくマリの母親は戻ってこない。リセット前、マリが言ったのだ。マリが起きている間は、母親は戻ってこなかった。

「歌い出したい気分だな」

と、中野智樹は言う。

春埼は視線を、彼の方に向ける。

「なにか話した方がいいよ。無言で突っ立ってる中学生ってのは、たぶん怪しくみえるだろ」

そう言われて、春埼は考える。別に、話したいことなんかなかったけれど。

「歌い出したい、とは、どういう意味ですか？」

中野智樹は笑った。とても幼い子供みたいな笑顔だ。まるで笑った時の、マリみたいな。

「そのまんまだよ。夏休みの夕暮れに、女の子とふたりっきりでいる。しかも小さな子供のために、母親の愛を取り戻そうって夢みたいな計画の真っ最中だ。この辺りで、テーマソングを流した方がいい。ちょっとロマンチックにアレンジした奴を」

彼がなにを言っているのか、理解できなかった。

「不謹慎だと思うか？　でも、それくらい大げさな方がいいんだよ。必要なのはいつだって、笑顔とテーマソングだ。きっとケイも賛成する」

「よくわかりません」

ははは、と中野智樹は笑う。

「ともかくオレは、嬉《うれ》しいんだ。正直お前は学校でも、むすっとしててなに考えてるんだかわかんなかったけどさ。今日、良い奴だってわかった」

「良い奴、ですか？」

「ああ。ケイに似てるな。わかりにくいけど、馬鹿みたいに良い奴だよ」

浅井ケイ。彼のことが、いちばんわからない。

「彼は、善人ですか？」

「もちろん。オレが知ってる中じゃ、いちばんんだ」

ああ。やはり、そうだったのか。そんな予感はしていたけれど。

春埼は頷《うなず》く。

「ずっと疑っていたのです。彼はもしかしたら、善人なのかもしれない、と」

「ん？　なにを？」

「理解しました」

中野智樹は、楽しそうに笑っていた。

本当に、歌い出しそうなくらいに。

「そう。あいつの良さは、疑ってみないとわからないんだ。捻《ひね》くれてるからな。羊の皮を被《かぶ》った羊みたいなもんだよ」

「羊？」

「あいつは一見、無害な善人に見える。でもよくみると、そういう皮を被ってるだけだってわかる。そこでだいたい、みんな納得しちまうんだ。ああ、こいつは善人のふりをしてる、悪い奴なんだって」

「でも、中身も羊なんですか？」

「そう。本当に近くでみると、わかるんだよ。あいつが善人ぶってる善人だって。でも大抵は、悪人だと勘違いしちまう。羊の背中にジッパーがついてたら、中身は狼だって思うだろ？」

彼の言いたいことは、なんとなくわかった。

だが春埼は首を振る。

「羊の背中にジッパーがあれば、その中身は人間です」

明らかに、人工的な着ぐるみだと思う。

声を立てて、中野智樹は笑う。

「ともかくあいつは、そういう風に捻くれた善人なんだよ。もうちょっと、素直になればいいのに。あんなに良い奴なのに、どこにも心がないようにみえる。ややこしいやり方で悪人ぶってるんだ」

「それが、私に似ているのですか？」

「ん。考えてみると、それほど似てないな。――ああ、でも、さっきの答えは、いかにもケイが言いそうだ」

「さっきの答え、ですか？」

「羊の背中にジッパーがあれば、その中身は人間だ」

よくわからない。それは、彼の言葉に似ているだろうか？　どうでもいいことだ。

春埼はまた、視線をマリの部屋に向ける。

マリが今、ひとりきりでいる部屋だ。

「そんなに怯《おび》えた顔するなよ」

と、中野智樹は言った。

それが誰のことを言っているのか、春埼にはわからなかった。春埼自身のことを指しているだなんて、考えもしなかった。

「いい事を教えてやる。浅井ケイは、間違えないんだ」

「間違えない？」

「そう。あいつが助けようと思って、助けられない奴なんていないいんだよ」

「本当ですか？」

中野智樹は、肩をすくめてみせる。それだけで、もうなにも答えなかった。

もしかしたら、中野智樹は嘘をついたのかもしれない。おそらくはこちらを安心させるために。でも、

——浅井ケイは、間違えない。

その言葉はなんだか奇妙に、耳の奥に残った。

＊

もうすぐ、午後八時になるというころだった。

浅井ケイと坂上央介は、綺麗《きれい》に舗装された通りの片脇にあるベンチに腰を下ろしていた。マリのマンションから道路を一本入った通りだ。

すぐベンチの隣に街灯が、その下に自動販売機がある。自動販売機の周りで、小さな羽虫が飛んでいる。

相麻菫は飲み物を買ってくると言って、ふらりと姿を消してしまった。すぐ傍に自動販売機があるのに。彼女がなにを考えているのか、いつだってよくわからない。

夏の夜は蒸し暑い。空気が全体的に、湿り気を帯びている。汗がなかなか乾いてくれない。

坂上が気まずそうに、ちらちらと横目でこちらをみていることには気づいていた。あまり親しくない相手と無言でいることに堪えられないタイプなのだろう。

ケイは口を開いた。

「坂上さんは、どうして生徒会長になったんですか？」

別に、興味もないことだった。時間潰《じかんつぶ》しの雑談に、意味を求めても仕方がない。

坂上はしばらく口ごもってから、答えた。

「他に、誰もいなかったんだ」

「それはつまり、立候補者が、ということですか？」

七坂中学校の生徒会長は、学生全体から立候補者を募り、その中から投票で決める。

だが昨年度、立候補したのは坂上ひとりだけだったから、自動的に彼が選ばれた。

坂上は頷く。

「うん。大抵、生徒会にいる誰かが立候補するんだけど。誰もなりたがらなかったから、僕が。似合わないでしょう？」

少しだけ考えて、ケイは答える。

「生徒会長に似合う人というのは、どんな人なんでしょうね」

「それは、たとえば、相麻さんとか」

「選挙があったとき、相麻はまだ一年生でしたよ」

「うん。だから、僕が立候補したんだけど。でもやっぱり、彼女の方が生徒会長に向いてると思うな。僕は人前で話すのが苦手だし」

たしかに相麻なら、全校集会で緊張して声が震えるなんてことはないだろう。

「ちょっと失敗するくらい、別にいいじゃないですか。誰も生徒会長に威風堂々とした演説なんて求めてませんよ」

「ま、そうなんだろうけどね」

「それに貴方《あなた》の話は、嫌いじゃありません」

「どうして？」

「短いから」

ははは、と小さな声を上げて、坂上は笑う。

「たぶん僕なんかいなくても、誰も困らないんだろうね」

「困りますよ。貴方がいないと、マリの母親がこの街からいなくなってしまう」

「必要なのは、僕じゃない。僕の能力だ。同じ能力を、ほかの誰かが持っていたなら、それでいいんだと思う」

「でも今のところ、能力をコピーするなんてことは貴方にしかできないから、貴方が必要です」

坂上は息を吐き出した。コンピュータが排熱処理をするみたいに。

「浅井くん。君は、怖くないの?」

「怖いというのは?」

「マリちゃんの母親がこの街の外に出るのは、管理局が決めたんでしょう?」

「最終的に決断したのは彼女自身だと思いますよ。でも、少なくとも管理局は彼女を追い出したがっているでしょうね」

「そんなことに反対して、本当に大丈夫なのかな」

ケイは内心でため息をつく。

「大丈夫、の定義はなんですか?」

「定義?」

「いったい、なにがどうなれば大丈夫なんですか?」

「それは――」

しばらく待ってみたけれど、坂上はなにも答えなかった。

仕方なく、ケイは続ける。

「この程度のことで、命を狙われたりはしません。怪我をする可能性もゼロに近い。悪いことをするわけじゃないんだから、口に出して叱られることさえないと思います。ちょっと嫌われるくらいのものです。それが嫌なら、なにか方法を考えますよ」

力任せに脅しつけたことにするか、上手《うま》く嘘で騙《だま》したことにするか。坂上ひとりくらいなら、被害者側に送り込むことはそう難しくないように思う。

坂上は首を振る。

「そういうことじゃないんだ。そんな具体的な話じゃなくて、もっと感情的に、ルールを犯すのは、怖くない？」

「まったく。ルールというのは、倫理を補強するためにあるものです」

悪いことを悪いと定義するのが、ルールなのだと思う。

ケイは続ける。

「でも今回、管理局の決定をルールだとするなら、倫理を踏み外しているのはルールの方です。そんなものを守る必要はありません」

本心ではなかった。ルールというのは、いつだって守られるべきものだ。破っていいルールなんてない。もしルールが間違っているなら、まずは正しい方法で、そのルールを変えるべきだ。でも今は、そんなに回りくどいことをしている時間はない。

坂上は、もう一度首を振る。

「君は、とても強いね」

「そうですか？」

「うん。僕は弱い。色んなことが、怖いんだ。怖いのが嫌だから、ルールを踏み外したくない。いつも安心していたいんだよ」

「気持ちはわかります」

「わからないよ、君には」

坂上は、引きつった表情で笑った。泣いているようにもみえる。

「浅井くん。たぶん君が言うことは、正しいんだと思う。良い事をしようとしてるんだと思う。でも僕は、君や、春埼さんも怖いんだ」

――僕にとっては、相麻菫の方が、よほど怖い。

そう答えようかと思ったけれど、やめておいた。坂上がなにを怖がっていようが、関係のないことだ。あまり込み入った話をしたくなかった。

それからは、しばらくふたり、無言でベンチに座っていた。

やがて相麻が戻ってくる。彼女は右手にビニール袋を提げている。その中から、青色の瓶を差し出す。

「飲む？」

それは、ガラス瓶に入ったラムネだった。

「そんなの、どこで買ってきたのさ？」

「近くのスーパーにあるのが、バスで前を通ったときにみえたから」

ずいぶん目がいいものだ。

「それで、わざわざ？」

「夏の夜は、ラムネでしょ？」

断る理由もない。ケイと坂上は、そのラムネを受け取る。

街灯の、光の加減だろうか。なぜだか瓶を受け取るとき、相麻が少しだけ悲しげな表情を浮かべた気がした。

　他にどうしようもなく、三人は並んでラムネを飲んだ。中に入ったビー玉が、からりと音を立てる。

　相麻は空を見上げた。

「花火でも上がればいいのに」

　やっぱり相麻は、わけがわからない。

＊

　相麻菫は空を見上げた。

「花火でも上がればいいのに」

　なんだか今は、綺麗《きれい》なものをみたい気分だった。

　隣でケイがラムネの瓶を傾ける。

　相麻が買ってきたラムネ。その瓶が、今後どういった使われ方をするのか、相麻は知っている。知っていて買ってきたのだ。

　相麻菫は内心でつぶやく。言い訳にもならない言葉を。

　──ケイが傷つくことなんて、少しも望んでいないのに。

　でもこれが、もっとも適切な手段なのだ。他のあらゆる方法よりも、あのラムネ瓶がない。


物事をスムーズに進める。思わず顔をしかめそうになって、相麻は普段通りの表情を浮かべるよう努める。浅井ケイに不信感を与えてはならない。予定されたルートを、踏み外すことは問題しか生まない。

ラムネを飲み終わった坂上が、ベンチから立ち上がる。

「ごちそうさま。美味《おい》しかったよ」

彼は空き瓶を捨てるために、通りの先のゴミ箱に向かって歩き出す。すぐ近くの自動販売機の脇にもゴミ箱はあったけれど、そこには空き缶専用と書かれていたのだ。瓶は空き缶に含まれない。

坂上が席を外した、わずかな間に、ケイが小さな声でささやいた。

「相麻。坂上さんに、問題はない？」

「問題、というのは？」

「わからないよ。僕は、彼のことをよく知らない。知らない人と行動するのは、いつだって不安だ」

相麻はケイの横顔をみつめる。

「なら、私や春埼のことは、よく知っているの？」

彼は睨《にら》みつけるように、視線をこちらに向ける。

「真面目に答えろよ。相麻菫」

相麻は、思わず笑う。

こんな時なのに。

「貴方《あなた》が私の、下の名前を呼んだのは、初めてね」

そんなことが、妙に嬉《うれ》しかった。

ケイは少しだけ顔をしかめる。

「今は、坂上さんの話をしているんだよ」

「そうね」

これからなにが起こるのか、相麻菫は知っている。

「でも今は、上手く行くと信じるしかないでしょう？」

そう答えて相麻は、今度は意図して笑った。

＊

中野智樹から連絡があったのは、午後九時になる少し前だった。

黒い車が、マンションの前に停まった。車の中に、マリの母親がいる。

「来た。移動しよう」

ケイはベンチから立ち上がる。その後ろに、相麻と坂上も続く。

ほんの数十秒で、春埼たちと合流した。曲がり角に身を潜め、マンションの方を確認していた智樹が、こちらに視線をむける。

「降りてこない」

簡潔に、ケイは答える。

「部屋の明かりが消えていないからだよ」

マリの部屋からは、まだ光が漏れていた。きっと、マリの母親は、自分の子供と顔を合わせるのを避けている。

ケイはマンションの前に停まった黒い車に視線を向ける。車内の明かりがついているため、はっきりと確認できた。助手席にマリの母親。そして運転席に、よれたスーツを着た男がいる。見覚えがあった。

「少し面倒だね。彼は、管理局員だ」

ツシマという名前の管理局員。

「どうするんだ？」

と、智樹が言う。

少し考えて、ケイは答えた。

「僕と、春埼と、坂上さんは、マンションの中まで移動しよう。智樹と相麻は、ほんの少しでいいから車にいるふたりの気を引いて欲しい」

春埼はマリの母親と面識があるため、できればあまりみられたくなかったのだ。

智樹は相麻に視線を向ける。

相麻は平然と頷《うなず》いて、言った。

「恋人のふりでもしてみましょうか」

「車の隣でいちゃつくのか？」

「いえ。私が中野くんのほっぺたを、思い切りひっぱたくのよ」

それ、恋人か？　と智樹がつぶやいたけれど、とくに反対意見はなかった。


相麻が智樹のほっぺたをひっぱたいている間に、ケイと春埼と坂上はマンションの中に入った。さすがに少し智樹が気の毒だ。帰りにコーラでも買ってあげようと思う。

マンションの玄関にはインターフォンがついていた。マリの部屋の番号を入力し、春埼に対応してもらう。そのとき、マリには九時三〇分を過ぎてから、部屋の明かりを消すよう伝えた。

マリの部屋は三階にある。三階から四階へ上る階段の踊り場で、しばらく待機することに決める。

マリの母親に会うまでに、もう一度セーブしておきたかった。だからケイは、九時三〇分以降に部屋の明かりを消すよう指示した。

九時二五分になれば、リセットしてから二四時間が経過する。もう一度、セーブし直すことができる。そしておそらく部屋の明かりが消えるまで、マリの母親はマンションの前から動かない。

九時二五分。春埼が「セーブ」とつぶやくのを聞いて、ケイはほんの五分前を思い出す。まだリセットしていない。そのことを確認した。

九時三五分。智樹の声が聞こえた。——マリの母親がマンションに入った。ひとりだけだ。

ほどなくエレベーターが動き出す。

ドアが開き、細く漏れた光が広がり、マリの母親がエレベーターを降りる。

背後から近づくと、彼女はこちらに視線を向けた。足音に気づいたのだろう。廊下の照明が、彼女の怯《おび》えたような表情を照らす。

ケイは微笑んで、彼女に声を掛ける。

「夜分遅くに、申し訳ありません。僕は、浅井と申します。倉川さんですよね？」

彼女の表情が、わずかに変化する。怯えが多少薄らぎ、代わりに不信感が加わる。

「ええ。あの、なにか？」

ケイは彼女の腕をつかんだ。できるだけ違和感を与えないように、ゆっくりとした動作で。彼女の瞳《ひとみ》を覗《のぞ》き込む。ひと呼吸ほど遅れて、その表情に強い警戒が浮かぶ。ケイは言った。

「僕たちは、マリちゃんの友人です。それに、貴女《あなた》が明日しようとしていることを知っています」

彼女の表情が、引きつった。それは劇的な変化だった。ナイフを目の前に突きつけられたような。そうなることは、わかっていた。小さな悲鳴のような声を上げて、彼女はケイの手を振り払おうとする。だがケイは腕をつかんだまま離さない。

「坂上さん、早く」

と、ケイはささやく。

坂上の様子も、マリの母親とそう違いはしなかった。混乱した風に表情を引きつらせている。

「すみません」

彼はそうつぶやいて、右手でケイに、左手でマリの母親に触れた。詳しい話は、彼女が過去を思い出してからでいい。簡潔にケイは告げる。

「貴女がいなくなると、マリが泣きます。お願いします。もう少しだけ、マリのことを考えてください」

それから、七年前を思い出そうとした。本物の倉川真理が死んだ直後、マリが生まれた時期の記憶だ。——だが、それよりも先に。

「待って」

吐き捨てるように、坂上は言う。

「まだだ。まだ、能力を使えてない」

嫌な予感がした。ケイは坂上に視線を向ける。

「急いで」

だが坂上は、首を振った。

「だめだ。だめ。くそ、どうして」

強い口調で、ケイはささやく。

「坂上さん。貴方がしようとしていることは、正しいことです」

「わかってるよ、そんなの。でも、だめなんだ」

マリの母親が大きく腕を振った。ケイはその腕を離す。力負けしたわけではない。でも、失敗だ。大きな問題点を、ひとつ見落としていた。

マリの母親が走っていく。坂上が、泣きそうな表情を浮かべて、つぶやく。

「ごめん。だって。こんなに強引なやり方だなんて、思ってなかった」

春埼美空は普段通りにみえる表情で、じっとケイの顔をみつめていた。

「失敗、ですか？」

ケイは首を振る。

「いや。作業がひとつ、増えただけだ」

嘘だ。失敗したのだ、明らかに。

だが春埼の前では、強がっているべきだ。彼女に不安を与えても仕方がない。

マリの母親に能力を使う計画が、失敗した理由は明白だ。もう少し坂上のことを理解しなければならなかったのだ。本当は、彼の協力を得るには丁寧な準備がいったのに、その作業を怠っていた。

咲良田の能力は、望むだけで発動する。実際には能力ごとにそれぞれ制限があるけれど、感覚としてはただ望むだけで発動する。逆に言うなら、望まなければ、使えない。能力は使用者の意思に大きく影響される。

坂上央介は、管理局の決定を無視して、能力を使うことを望めなかった。そのことに強い怯えを感じていた。知りもしない女の子のために、恐怖を乗り越えることができなかった。

浅井ケイは内心でつぶやく。

——僕にだって、他人の感情はわからない。

わかろうと努力もしなかったなら、春埼よりもよほど感情から遠いところにいる。

＊

未来を知らなければ、未来を変えることなんてできはしない。

今夜起こることはもう、ずっと以前から確定していた。そのことを相麻菫は知っていた。相麻だけはこの未来を変えることができた。でも浅井ケイの失敗を、現実にすることに決めた。これがもっとも効率的なルートだったから。

午後一〇時一五分。——マリの母親に能力を使う計画が失敗に終わった、およそ三〇分後だ。相麻はひとり、自宅近くのバスの停留所にいた。

坂上を送り届けるために、バスに乗って帰ってきたのだ。でも彼を見送っても、まっすぐ家に帰ろうという気にはならなかった。

浅井ケイ、春埼美空、中野智樹。その三人はまだ、マリのマンションの近くにいる。そして相麻は、これからケイがしようとしていることを知っている。何度も何度もみた未来だ。

相麻の手の中には、空になったラムネ瓶がある。

捨てるタイミングがなくて、なんとなくここまで持ち帰ってしまったものだ。夜空を見上げながら、相麻は手の中でそのラムネ瓶を弄《もてあそ》ぶ。ビー玉がガラス瓶に触れ、からんからんと音を立てる。

そんな音もよく響く、静かな夜だった。

空には満月へと近づいていく半月が浮かんでいた。

月の満ち欠けには、好感が持てる。新月から満月へ。満月から新月へ。ゼロと円の繰り返しは心地良い。本当は、月は不変で、いつだって球形だというのがさらに良い。

――今ごろ、ケイも同じようにしているはずだ。

マリのマンションから一本通りを入った道端にあるベンチに腰を下ろして。ケイも相麻と同じように、空のラムネ瓶を手の中で転がしながら月をみているはずだ。

相麻は腕時計をはずし、顔の前に掲げる。爪の先で引っ搔《か》くように小さく、チ、チ、と秒針の進む音が聞こえる。

——そろそろだ。

ちょうど今、ケイの前に、一台の黒い車が現れた。車はケイの前で停まり、扉が開き、よれたスーツを着た男が姿をみせる。ツシマという名前の管理局員だ。

ケイは中野智樹の能力を使い、ツシマを呼び出した。坂上の問題を取り除くことが目的だ。

相麻はじっと腕時計を眺めていた。目を逸《そ》らすことができなかった。頭の中では何度もケイを通してみた未来が、この夜のどこかで再現されている。時計の針が進む速度で、未来が現在に置き換わる。

ツシマは諦《あきら》めの混じった目を、まっすぐケイに向けている。

片手に空のラムネ瓶を持ったケイは、ツシマの顔を見上げて言う。

——お願いがあります。僕たちはマリを助けたい。その許可をもらえませんか？

相麻には彼の声が、現実に聞こえたような気がした。そんなはずもないのに。

今、相麻に聞こえているのは、夏虫の些細《ささい》な鳴き声と、秒針が進む音だけだ。みえているのは、腕時計の文字盤だけだ。

けれどこの夜の片隅で、浅井ケイは相麻の記憶にあるのと同じ行動を取り、同じ言葉を口にしている。

——僕たちは、マリの母親を咲良田に留《とど》めます。彼女はマリへの愛を思い出し、マリは幸せなただの子供になる。そんな風に、ふたりが幸せになる許可をください。

ツシマは答える。

——可能だとは、思えません。

ふたりの口調は、共に静かだ。すべての感情が凪《な》いでいるように。だがその内側に、様々な感情が溶け合っている。

記憶を保持する能力と、能力をコピーする能力。そのふたつを組み合わせることの効果を説明してから、ケイが言う。

——本当に望んでいなければ、咲良田の能力は使えない。マリが生まれたとき、マリの母親は、そのことを心の底から望んだはずです。

ツシマは答える。

——感情は、いくらでも変わります。

ケイが言う。

——だから過去の感情を、思い出させるんです。

ツシマは答える。

——思い出すことが、常に正しいとは限りません。忘れたままでいる方が幸せなことだってあります。

さらに、ケイが言う。

——母親が子を愛する感情が、正しくないわけがない。

相麻菫は目を閉じる。

浅井ケイは一体、どんな思いで、その言葉を口にしたのだろう。彼はなにひとつ忘れない。忘れることが、許されない。彼自身が両親を捨て去ったことを覚えたまま、その罪悪感を胸に抱いたまま、一体どんな思いで、その言葉を口にしたのだろう。

彼の傍にいたかった。こんなときでも歪《ゆが》みもしない彼の表情をみつめていたかった。もう無理をしなくても良いのだと、できるなら彼を抱き締めたかった。だが現実には、相麻はひとり、停留所のベンチに座っているだけだ。

傍目《はため》には淡々と、浅井ケイは告げる。

——彼女はマリへの愛を、思い出すべきなんです。

どれだけ言葉を交わしても、ツシマが頷《うなず》くことはない。そんなことはケイだって理解している。今、彼が口にしている言葉はすべて坂上に聞かせるためのものだ。ケイはツシマではなく、坂上を説得している。これまでの会話は、中野智樹の能力を通していずれ坂上に伝わる。

相麻は閉じていた目を開く。

時計の文字盤がみえた。かちり、と、分針が動く。

浅井ケイは、再び言う。

——お願いします。彼女に能力を使う許可をください。

その言葉と同時に、彼は中野智樹にサインを送る。一時的に、能力の使用を止めさせるサインだ。

これからの数分間を、坂上央介が知ることはない。

その数分間に、浅井ケイは、坂上を説得する準備を整える。

彼の次の行動も、相麻菫は知っていた。相麻自身が用意したラムネ瓶がどういった使われ方をするのかを、正確に理解していた。

浅井ケイは、ラムネ瓶を振り上げる。

相麻菫の手から、力が抜けた。片手に持っていたラムネ瓶が、アスファルトの上に落下する。

小さな破片が月光に照らされて、輝きながら飛び散るのがみえた。

＊

ガラスが割れる音は、耳障りだ。静かな夜には似合わない。

ずっと握っていたラムネの瓶を街灯のポールに打ちつけたとき、浅井ケイが考えていたのはそんなことだった。

背後で智樹が、小さな悲鳴を上げる。ケイはそちらに目を向ける。驚いた風に身体を乗り出した智樹の隣で、春埼美空は顔色も変えていなかった。

なにもかもが、ケイの予定した通りに進行している。でもここから先の展開は、智樹にも話していない。説得するのが面倒だったのだ。

ケイは割れたラムネ瓶に視線を落とした。

平淡な声で、ツシマは言う。

「そんなもので、私を脅すつもりですか？」

「ちょっと違います」

躊躇《ためら》いはなかった。ケイは割れたラムネ瓶の鋭利な部分を、自身の手首に押し当てて、引いた。皮膚が真横に裂け、血管が破れて、血が流れ出す。

思ったよりも痛い。意外と深く切れたようだ。

「なにしてんだよ」

その叫び声はほとんど同時に、ふたつの方向から聞こえた。ツシマと智樹の声だ。智樹はベンチから腰を浮かせている。その隣で、春埼まで驚いた風な表情をみせているのが意外だった。なんだか笑ってしまいそうになる。

智樹を押し留めるように、ケイは腕を突き出した。手首から生温《なまぬる》い血が垂れてアスファルトを濡《ぬ》らす。なにか生き物が這《は》うようで気持ち悪い。

ツシマをみつめて、もう一度、言う。

「マリの母親に、能力を使う許可をください」

「俺にそんな権利はない」

彼の口調が変化した。混乱してくれただろうか？　なら、よい傾向だ。内心で笑いながら、ケイはまたラムネの瓶を滑らせた。先ほどよりも少し高い位置、手首と肘《ひじ》の中間辺りからも血が流れ始める。

「嘘でもいいんです。貴方《あなた》が許可すると言うまで、僕はこれをやめない」

「なに考えてんだよ。死ぬぞ?」

「そうですね」

目的の言葉を聞けるなら、別に死んでもいいのだ。春埼美空はすでにセーブを使っている。わざわざこの場面で生き残る必要なんかない。

血はとめどなく流れる。左手はホラー映画の演出みたいに真っ赤に染まっている。指先が冷えてしびれてきた。流血は心地良いと聞いたことがあったけれど、そんなものは大嘘だ。血が垂れる感触は、ただただ気持ち悪い。

「お願いします。口先だけでいい。許可する、と言ってください」

そう告げながら、ケイは腕に三本目の傷を入れた。

ツシマの眉間《みけん》に、深い皺《しわ》が入る。

「わかった」

この男は、善人だ。きっと些細なヒーローで、ほんの微力な正義の味方だ。どんなに無茶苦茶でも、目の前で中学生が傷ついていたら、きちんとそれを止めようとしてくれる。よく知らない相手だけど、ケイは彼の善性を信じていた。

「もう一度、はっきりとお願いします」

そう告げながら、ケイは背後で人差し指を立てる。智樹へのサインだ。彼はまた、能力を使う。ケイが自身の腕を切ったことを除けば、事前に打ち合わせしていた通りに。

初めから狙っていたのは、ツシマとの会話の編集だ。

中野智樹の能力を使えば、彼が聞いた言葉を、指定した時間に届けることができる。丁寧に時間を計り、先ほどまで送っていた言葉に繋《つな》がるタイミングでこの先の会話を坂上に届ければ、間が省略されたことに彼は気づかない。ただ穏便な話し合いの末、許可が下りたように聞こえるはずだ。

ツシマは言った。

「わかった。許可する」

ケイは笑う。口元だけを歪めて。

「マリの母親に、能力を使ってもいいいんですね」

「ああ、いいよ。だから——」

「ありがとうございます」

ツシマの言葉を遮るようにそう告げながら、ケイはまた、指を立てた。智樹に能力の使用を止めさせる合図だ。余計な言葉まで届けてしまうわけにはいかない。

同時に、ラムネ瓶を手から離す。瓶が血まみれのアスファルトにぶつかり、大きな音を立ててさらに割れる。額から汗が噴き出ていた。

ツシマは息を吐き出した。

「無茶苦茶だ。訳がわからない」

「いろんな事情があるんです」

「俺がなにを言おうと、管理局は決定を変えない」

「知ってますよ。そんなこと」

立っているのも億劫《おっくう》で、ケイはアスファルトに座り込む。頭がくらくらする。ちょっと血を流しすぎたかもしれない。

春埼美空が静かに近づいてくる。彼女はこちらを見下ろして、言った。

「浅井ケイ。どうして、こんなことをしたんですか？」

笑って、ケイは答える。

「嘘をつくためだよ。坂上さんを綺麗《きれい》に騙《だま》す方法を、ほかに思いつかなかったんだ」

無理やりにでもこの管理局員に、許可すると言わせたかったけれど、ケイ自身を人質に取るほかには有効な手段を思いつかなかった。

作業を終えてしまうと、傷の痛みが何倍にも膨らんだような気がした。心臓が鼓動するのに合わせて、何度も刃を突き刺すように激痛が走った。

智樹がなにか言っていた。たぶん怒っているのだろう。そんなに大きな声を出さなくてもいいのに。

春埼はまだ、ケイの顔を見下ろしている。いつもの無表情に似ているけれど、違う。きっと、とても複雑な感情が混じりあった表情だった。

――この顔を、忘れないでいられるなら。

腕の痛みを、もう一度思い出すくらい別にいい。アスファルトに座り込んだまま、ケイは彼女を見上げて微笑む。

「春埼。リセットしてもらえるかな？」

およそ一時間ぶんだけ、世界の時間を巻き戻す必要がある。

＊

午後九時二五分。浅井ケイは、マリのマンションにいた。マリの母親に能力を使おうとする一〇分ほど前だ。三階から四階へ上る階段の踊り場で、隣には春埼美空と坂上央介がいる。

ケイはほんの五分前を思い出す。直後、左腕に激痛が走った。――その痛みと同時に、リセット前に起こったすべてを思い出した。

顔をしかめて、ケイは言う。

「リセットしました」

ほんの一時間ぶんだけ、世界の時間が巻き戻った。

坂上の眉《まゆ》がぴょんと持ち上がる。その隣で、春埼はいつも通りの無表情でこちらをみている。

忘れられない痛みを無視して、ケイは告げた。

「計画を少し変更します。マリの母親に接触するのは、明日の朝にしましょう」

坂上の表情が緩む。安堵《あんど》したのだ、とわかった。それを自覚したのか、彼は慌てて真顔を装った。

「どうして？」

「この後、一〇時三〇分ごろ、僕と智樹は管理局員に会って、少し話をします。僕が思っていたよりもずっと、人間味のある人でした。説得できそうな様子だったので、リセットしました。できるなら管理局に許可をもらってから行動した方がいい」

ケイの言葉で、坂上は微笑む。今度はその安堵を隠そうともしない。

「よかった。でも、本当に許可をもらえるのかい？」

「さあ。でも試してみます」

「僕も、行った方がいいかな？」

「いえ。僕と智樹だけで充分です。智樹に能力を使ってもらえば、話の内容はみんなに聞こえますよ」

坂上は頷《うなず》く。

彼はリセットした後も、智樹の能力が有効だということを知らない。消え去ったはずの時間に語られた言葉を聞くなんて、想像もできないはずだ。

あと一時間ほどで坂上にあの会話が届く。途中が省略されて、ただ優しい管理局員が許可をくれたように編集された会話が。

問題点は、あの管理局員——ツシマを呼び出すために智樹が使った能力も有効だということだった。

ツシマがベンチに現れる前に、智樹の能力でまた伝言を届けなければならない。貴方がなかなかこないので今日はもう帰ります、といった風な伝言を。

気の抜けた笑みを浮かべる坂上をみて、ケイは内心で首を振る。

あらゆる嘘が悪いとは思わない。でも、自分の利益のためだけにつく嘘はやはり悪だろう。自身の腕を傷つけて、無理やり人に嘘をつかせるような方法も。

ほかには思いつかなかったのだ。でも、あの管理局員は言った。

選ぶべきじゃないから、間違ったことなんだ。

3　八月一三日（金曜日）——二度目のスタート地点

白い天井が視界に入ったとき、ああ、これは夢だ、と浅井ケイは理解した。

——ここは今、僕がいるべき場所ではない。

ケイは一度能力を使って思い出した記憶を、決して忘れることができない。夢の中にいてもなお、自身の記憶を騙すことができない。

ケイはベッドに横たわっているようだった。部屋の中を見渡す。懐かしい部屋。咲良田から遠く離れた街にあるマンションの一室だ。でもハンガーには、七坂中学校の制服が掛かっている。

ベッドから起き上がり、扉を開けて、リビングに出る。

新聞を読んでいた父親が、視線を上げて「おはよう」と言う。キッチンから朝食を運んできた母親は、ぎこちなく微笑んで、「貴方《あなた》を愛しているわ」と言う。ふたりとも記憶よりも少し年老いている。

なんて夢だ。まったく、脈絡がない。

ケイは両親になにかを答えようと、口を開いた。でも、声は出ない。言葉を奪い去られたように。悪い魔女が、そんな呪いをケイにかけたように。息苦しかった。

――でも、彼らに伝えるべき言葉を僕から奪ったのは、僕自身だ。

そう自覚したとき、目が覚めた。

蒸し暑い空気、セミの声、夏の朝。ケイは中野家の離れにいた。

泣いていれば、まだ救われた。でも涙は流れていなかった。

そういう風にして、二回目の八月一三日は始まった。クラカワマリの母親が、咲良田を離れる予定の日だ。

黒い車が七坂中学校の近くにある病院の駐車場に到着したのは、午前一〇時三〇分ごろだった。

春埼美空は中野智樹と共に、隣接する道路からその車を眺めていた。病院が受付を開始する時間から、マリたちが現れるのを待っていたのだ。

マリと彼女の母親が、黒い車を降りる。

ふたりはそのまま、病院に向かって歩き出した。春埼はマリの視線が、じっと母親の手をみているのに気づいた。手を繋《つな》ぎたいのかもしれない。

中野智樹は腕時計を確認する。

「一〇時三二分、マリたちが病院に到着」

おそらくは能力を使っているのだろう。浅井ケイに向けて、声を届けるために。

一時間ほど前のことだ。

――今日は、二手に分かれて行動しよう。

と、浅井ケイは言った。

そして彼と、相麻菫と、坂上央介は駅へと向かった。その場所で、マリの母親に能力を使うために。

春埼はじっと、病院の入り口を眺めていた。ほどなくマリの母親だけが病院を出て、また黒い車に乗り込む。

「一〇時三六分、マリの母親が病院を出発。黒い車に乗っている」

と、中野智樹が言った。

それから彼は、ポケットからなにかを取り出した。――小さく折りたたまれた電車の時刻表だ。きっと、マリの母親が乗る電車の発車時刻について考えているのだろう。

「行きましょう」

春埼はつぶやいて、歩き出す。マリに会い、彼女の言葉を聞くために。その言葉を、彼女の母親に届けるために。

病院の中に入る。自動ドアを抜けると、右手に受付が、正面には待合室を兼ねたロビーがある。ざっと見渡してみるが、ロビーにマリはいなかった。

春埼はロビーにある見取り図を確認し、通路を小児科と書かれている方向へ進む。通路の幅は広く、脇には長椅子とマガジンラックが置かれている。

小児科の診療室は、内科の隣にあった。長椅子にマリが腰を下ろしている。無表情に近いけれど、わずかに口が曲がっていた。

――あれは、つまらないときの表情だ。

そう思ったとき、彼女は顔を上げて、そして春埼と目が合った。

驚いた顔。それから叫ぶような声を上げて、笑顔になる。

「お姉ちゃん」

マリは春埼に駆け寄り、腰の辺りに抱きついた。春埼は、彼女の頭をなでてみようかと考えた。ちょうどなでやすい位置にあったのだ。でも、頭をなでるときの、正しい力加減がわからない。

マリは笑顔で顔を上げ、それから、ふいに表情を曇らせた。

「お姉ちゃん、病気？」

「いえ」

「じゃあ、どうして病院にいるの？」

「貴女《あなた》に会いに来ました」

彼女は僅《わず》かに、首を傾げる。

「でも、お姉ちゃん、調子が悪そうだよ」

そんなことはない。否定しようと思ったけれど。

後ろから、小さな声で、中野智樹が囁《ささや》いた。

「あんまり悲しそうな顔をするなよ」

そう言われて、思い当たる。

春埼はマリのことを考えていた。この少女は母親が、咲良田を出ようとしていることを知らない。母親が、この少女のことを、忘れたいと願っているのを知らない。

――そのことを、私は悲しんでいるんだ。きっと。

はっきりとはわからない。でも昨日からずっと、胸にわずかな痛みが残っている。

「どうしたの?」

と、マリは言う。

「なんでもありません」

と、春埼は答えた。

それからそっと、マリの頭に右手を置いてみる。春埼が知っている中で、一番優しい力を使って。

マリは笑った。きっと、春埼を慰めるために。しばらくの間、春埼はそのまま、マリの頭に手を載せていた。

やがて、看護師のアナウンスが聞こえた。——クラカワマリさん、中待合室にお入りください。

マリは「いくね」と告げて、診療室に歩いていく。

扉が閉まってから、春埼は言った。

「マリが戻ってきたら、すべて話しましょう」

それは中野智樹に向けた言葉だったが、あるいは、春埼自身に言い聞かせたかったのかもしれないなと、ふと思った。

＊

午前一〇時五〇分、浅井ケイは、咲良田内に唯一ある駅にいた。相麻菫、坂上央介と共に近くにある喫茶店で待機していて、智樹から連絡を受けてから移動したのだ。

この駅の利用者は、それほど多くない。いつ来てみてもがらんとしている。それはつまり、咲良田の内外を行き来する人が少ないということだ。

時刻表によれば、一一時〇七分に発車する電車がある。きっとマリの母親は、その電車に乗るつもりだろう。咲良田を通る電車の本数は少ない。

坂上は小さな声で、相麻になにか話しかけていた。昨夜とは違う、明るい様子だ。彼はマリの母親に対して能力を使うことを、管理局が許可したと信じている。咲良田に暮らす人々の多くは、管理局がどんな組織なのか正確には知らない。

彼を騙《だま》していることへの罪悪感が胸にあった。それをため息で押し出して、ケイは周囲の様子に注意を払う。はっきりとはわからないが、こちらに注目している人はいないようだ。

——管理局はどんな方法で、僕が咲良田から出ることを禁止しているのだろう？

このまま切符を買えば、簡単に電車に乗れてしまえそうだ。そのまま、かつて暮らしていた街まで戻ることさえできるような気がした。つまりそれほど巧妙に監視されているということだろうか。

そんなことを考えていると、黒い車が、駅前のターミナルに停まる。

「あれかい？」

と、坂上が言う。

「はい。間違いありません」

昨夜、マリのマンションに停まった車だ。ナンバープレートも一致する。

その車から、一抱えほどのバッグを持った女性が降りた。マリの母親だ。彼女は運転席に向かって頭を下げる。ドアが閉まり、車が走り出す。

相麻がこちらに向かって、肩をすくめるような動作をしてみせる。――マリの母親に対して能力を使う事を管理局が許可したというのは嘘だと、相麻にだけは伝えていた。もしツシマが駅に留《とど》まるなら、彼をマリの母親から引き離して欲しいと相麻に頼んでいたのだ。でもその必要はなかったようだ。

駅に向かって歩き出すマリの母親に、ケイたちは近づく。

微笑んで、声を掛けた。

「こんにちは」

それだけでマリの母親は、怯《おび》えたような視線をこちらに向ける。青白い顔は、以前公園でみたときと同じく強張《こわば》っている。あるいは一層、悪化しているかもしれない。髪は明るいブラウンに染められているが、日中の光の中でその根をみると白髪が多いことがわかる。

笑みを浮かべたまま、ケイは続ける。

「お久しぶりです。前にもお会いしたのを、覚えていますか？」

上擦った声で、彼女は答える。犯行現場で声をかけられた気の弱い空き巣みたいに。

「すみません。貴方《あなた》は？」

「マリさんの友人です。正確には、友人の友人です」

彼女はほんの小さな、悲鳴のような声を上げる。

たしかにこの様子なら、ツシマが彼女を咲良田の外に出すことに、賛成しても仕方がないなと思う。自分の子供を愛せないというのは、それほど苦しいことなのだろうか。ケイにはよくわからない。知っていてもおかしくないのに、やはりわからなかった。

マリの母親は震えた声を出す。

「なにか、御用ですか？」

「はい。貴女がこの街を離れるのを、止めに来ました」

彼女は目を見開く。

ケイは続けた。

「貴女は、今回のことに納得しているんですか？　本当にマリを、忘れてしまっていいんですか？」

彼女はなにかを言ったようだったが、上手《うま》く聞き取れなかった。あるいはただ、意味のないうめき声をあげただけだったのかもしれない。それからむせるような咳払《せきばら》いをして、今度は多少聞き取りやすい声を出す。

「私は、いない方がいいんです。子供を愛せない母親なんて、いても、あの子が不幸になるだけです」

「そんなことはない。マリは、貴女を愛しています」

「だとしたら、余計です。いつまでもあの子は、私のせいで苦しみ続けます」

「貴女がいなくなる方が、よほど苦しむ」

その疲れ切った女性は、さらに表情を引きつらせた。

ケイは続ける。

「みんなが、幸せになる方法があります。協力していただけませんか？」

「そんな。どうするっていうんですか？」

「貴女がマリを愛すればいい。それでマリも、貴女も救われます」

彼女はうなだれる。リセット前にみた、マリの姿によく似ていた。

「それは、できません」

「どうして？」

「できるならとっくに、そうしています」

ケイにはこの女性が、悪い人間にはみえなかった。咲良田を出る言い訳にマリの幸福を使ったことは気持ち悪いが、その程度のずるさは誰だって持っている。

「あの子を能力で作り出したことに、それほど抵抗があるんですか？」

そう尋ねると、彼女の肩が揺れた。激痛に耐えるように。

「どうして、知っているんですか？」

ケイはその質問に答えなかった。

代わりに、言った。

「春埼美空という少女がいます。マリの友人です。彼女も、マリが能力によって作り出されたことを知っています。でも今も変わらず、マリの友人です」

彼女はしばらくの間、うなだれたまま沈黙していた。ケイもじっと黙っていた。やがて彼女がそっと顔を上げて、睨《にら》むような目でこちらをみる。

「貴方には、わからない。真理は死んだんです。私の子供は、生まれてくることも許されなかった。私がマリと笑っていていいはずがない」

真理とマリ。ふたりの名前が混同していて、わかりにくいけれど。だいたい、彼女がなにを言いたいのかは理解できた。

マリを連れ去るとき、ツシマが言った言葉を思い出す。

――去年、倉川真理が死んで、六年経ちました。七回忌が終わったころから、彼女はマリと離れて生活することを考えていました。

倉川真理。生まれてきたときにはもう息をしていなかった、能力が関わらない娘。きっと真理の存在が、彼女の苦痛の中心にある。

無意味だと知りながら、ケイはつい、口を開く。

「起こったことが、反対だったと考えてください。出産のとき、命を落としたのが貴女《あなた》で、それを悲しんだ真理さんが貴女そっくりな誰かを作り出した、と。貴女そっくりな誰かを真理さんが愛したとして、貴女は悲しみますか？」

マリの母親は、首を振る。

「そんな問題じゃ、ない」

内心で、ケイは頷《うなず》く。

当たり前だ。この女性の苦しみを、面識もない中学二年生が、言葉だけで取り払えるわけがない。

——それも、僕のような、両親を切り捨てた人間が。

本当はこの女性に対して、なにかを語りかける資格もないのだ。

ケイは自分自身に言い聞かせる。——僕は春埼美空の代理として、この場所にいるんだ。親子の問題を解決するのではない。春埼の願いを叶《かな》えるためだけに、この場にいるんだ。僕にとって重要なのは、春埼美空のことだけだ。

今までに何度も繰り返してきた言葉を、また心の中で繰り返す。

「そんな問題なんです」

首を振って、ケイは答えた。

「マリが不幸になることで、幸せになる人なんていない」

そんな人間、いるべきではない。

＊

午前一〇時五五分。

春埼美空は、クラカワマリの頭を、柔らかくなでた。

マリは泣いていた。普段の元気な彼女とは違う、それは静かな泣き方だった。うつむいて、音もない涙をこぼす。

きっとこの少女は、いつかこの日が来ることを知っていた。知っていたのだろう、と思う。だから混乱しない。ヒステリックに声を上げることもない。純粋な悲しみに音はいらない。

頭に手を置いたまま、春埼美空は言った。

「貴女の母親は、きっと戻ってきます」

「ううん。戻ってこないよ」

「どうして、そう思うのですか？」

「お母さんは、私のことが嫌いだから」

「でも、すぐに好きになります。元々、好きだったことを思い出します」

笑ってみよう、と春埼は思った。

綺麗《きれい》に笑えなくてもいい。それは、仕方がない。人の表情というのは、本質的に歪《いびつ》なものなのだと思う。感情によって歪《ゆが》んだ顔が、表情だ。

自信があることを証明するために、目の前の少女を安心させるために。それは浅井ケイのように、笑ってみようと思った。

無理やりに、唇の両端を持ち上げて、春埼は言う。

「浅井ケイは、間違えない」

なぜだろう？　根拠もないのに、信じることができた。

彼に従うことが最善なのだと、いつの間にか思い込んでいた。

春埼自身が設定した、三つのルールに従うだけでは決して辿《たど》り着けなかった未来を、今は目指している。

以前、彼が言った言葉を思い出す。

――春埼。そう遠くない未来に、僕はきっと君の信頼を勝ち取ってみせるよ。

あのとき自分がなんと答えたのか、もう思い出せない。でも今は彼の言葉が真実になっている。それはきっと二分の一の偶然ではなく、確かな必然として。

「彼は貴女の母親を、貴女の元に連れ戻します」

根拠なんてなくても。代わりに感情がそれを信じさせる。

マリは視線を上げたけれど、まだ泣いていた。

隣で、中野智樹が微笑む。彼はとても上手に笑う。

「だいたい春埼の言う通りだけど、少しだけ違う。ケイはひとりだけじゃ足りないと思ったから、オレたちがここに来るよう言ったんだ。全部話せばマリが泣くことを、あいつは知っていたけど、でもそうすることに決めたんだ」

中野智樹はしゃがみ込み、正面からマリの顔をみつめる。

「マリ。願い事ってのは、声に出して言うものだよ。心を込めて、みんなに聞こえるように。さぁ、マリがどうしたいのか、言ってごらん」

＊

「お願いします、坂上さん」

と、浅井ケイは言った。

坂上は神妙な顔つきで頷き、マリの母親に左手を、そしてケイに右手を置く。

「準備は、いいですか？」

「うん。いつでも、大丈夫」

腕時計を確認する──一時。ちょうどいい時間だ。

マリの母親に、目を閉じてくださいと言おうとしたけれど、その必要はなかった。彼女はうなだれ、もうすでに目を閉じていた。小さな子供みたいに震えている。なんだかマリの姿が重なってみえる。

できるだけ優しく聞こえるように気をつけて、ケイは告げる。

「貴女はこれから、マリを生み出した日のことを思い出します」

それは、どれだけ辛《つら》いことなのだろう。マリを生み出した記憶とは、つまり倉川真理が死んだ記憶だ。そのふたつを切り離すことはできない。

この、肩を震わせている女性はなにを思い出すだろう？　本当なら、勝手にあれこれ手出しをしていい問題じゃないんだ。どれほど大きな悲しみの中の、ほんのささやかな一部分だったとしても、忘れていられたことがあるならそのままの方がいい。

――でもね。僕は切り捨てることに、馴《な》れているんだよ。

自分にそう言い聞かせて、声色だけは優しいまま、ケイは続ける。

「本当に、咲良田を出るべきなのか。すべてを思い出してから判断してください」

彼女は頷きもしなかった。ただ怯《おび》えているだけにみえた。

ケイはふいに、この女性にすべて告白したくなった。二年前のことを。ケイ自身が両親を捨てて、この街にいるのだということを。でもそんなことをこの女性に告げれば、ケイ自身の罪を薄められると考えているなら、大間違いだ。

――僕は自分のことを棚に上げる。どこまでも身勝手に、この女性に能力を使う。

まるで偽善者みたいに。春埼美空という少女を言い訳に、能力を使う。

そうすることに、決めたんだ。

「始めます」

ケイはマリが生み出された時期――七年前のことを、思い出した。

七年前。まだケイが、六歳だったころだ。

両親と共にいたころの記憶を、詳細に思い出す。父の顔、母の顔、その笑み、ありとあらゆる言葉、手のひらの温度、指先の力、視線の先にあるもの。そして、そのすべてに宿った、一見すると複雑で本質的には単純な感情。

浅井ケイは、あのふたりを愛していた。心の底から、愛していた。

マリの母親が、小さな声を上げるのがわかる。彼女もまた、彼女の記憶を思い出しているのだろう。倉川真理が死に、そして心の底から、マリの存在を祈った日の記憶を。純粋な愛情で、マリを抱き締められていたころの記憶を。

ケイはそっと、自身の頬を撫《な》でる。

涙は流れていなかった。わかっていたことだ。きっと、心のどこかが、磨耗してしまったのだと思う。二年前は泣くことができたのに。今はもう、それもできない。

仕方がなかった。ケイは笑った。他にどうすることもできなかった。唇を歪めて、強がるために笑った。誰に対して？　わからない。思い浮かんだのは春埼美空の、ため息みたいにリセットとつぶやく顔だった。

相麻が歩み寄り、小声で尋ねる。

「なにを思い出したの？」

記憶の中から、いちばん下らないことを選んでケイは答える。

「六歳のころ、僕はマーマレードが苦手だった。どうしてだろうね。甘い物は好きなのに」

相麻は微笑む。

嘘つきね、と彼女が言った気がした。でもそれは、錯覚だ。彼女はなにも言わず、ただ微笑んだだけだ。

ケイは能力を解除する。

ほんの数分間で、マリの母親はあのころのすべてを思い出したはずだ。

彼女はアスファルトの上に蹲《うずくま》り、頭を抱えていた。きっと、深く苦しんでいるのだろう。でもケイにできることは、なにもない。ケイは腕時計をみる。もう三〇秒ほどで、この駅から電車が出る。

――そろそろだ。

そう思ったとき、マリの母親が声を上げた。

初めは、小さな声だった。それは少しずつ大きな嗚咽《おえつ》になり、やがて彼女は、声を上げて泣き始めた。

相麻菫が囁《ささや》く。

「なにが起こってるの？」

ケイは答えた。

「彼女は僕が知る限り、もっとも我儘《わがまま》で、もっとも美しい能力の効果を受けている」

中野智樹の能力。

時間も距離も超え、伝えたい相手に、確実に声を届ける。それだけの能力だ。きっとひとりの少年がいつか温かい言葉を届けたいと願って、そのためだけに生まれた能力だ。

彼の能力は、昨夜、とてもひどい使われ方をした。坂上を騙《だま》す為だけに。本来、智樹が望んだ形ではない醜い方法でケイが使った。

でも今は違う。世界でいちばん美しいもののために、彼の能力は使われている。

泣き声に混じって、マリの母親の声が聞こえた。「ごめんなさい」と、何度も。その言葉が、どちらの少女に対して告げられたものなのか、ケイにはわからなかった。

わかる必要なんてない。ただ、届かない声は寂しい。だからその言葉が、願った相手に届けばいいなとケイは思った。

＊

マリの声は、とてもシンプルに、母親に届く。

――お母さんが好きです。ずっと一緒にいたいです。

ただそれだけを伝えるために。

まっすぐに、母親に届く。

4 夏の終わり

マリの母親は、咲良田に留《とど》まることを決めた。

だけどマリは、結局、管理局に引き取られることになった。

マリと、マリの母親と、管理局。三者の間でどんなやり取りがあったのか、ケイはよく知らない。たぶん色々なことに悩み、苦しみ、妥協して、そういう形に落ち着いたのだと思う。

母親は、マリの元に、完全に戻ることはできなかった。だが娘を忘れることなく、会いたいと願えばいつでも会える距離に留まった。それが結末だ——そう考えて、ケイは首を振る。

マリと、彼女の母親との関係は、まだなにも終わっていない。それはケイが関与すべきではない場所で、ずっと先まで続いていく。

八月三一日、火曜日。夏休み最後の日。

その昼下がり、窓の外では、雨が降っていた。

ケイはひとり、中野家の離れにいた。ベッドに寝転がり、本を読んでいた。何度も読みかけては中断しているミステリ小説だ。買ってきたのは、この夏が始まる前だった。

さすがにそろそろ読み終えてしまおう、そう思っていたけれど、やはり上手《うま》くいかなかった。ようやく最後の章に入るという辺りで、部屋の扉がノックされた。

澄んだ音で、だが弾むようなリズムで二回。

薄暗い雨の日にはそぐわない、軽快なノックだ。なぜだかこの本を読んでいると、いつだって邪魔が入る。ケイはぱたんと本を閉じ、ベッドから起き上がる。

扉を開けると、そこに相麻菫が立っていた。彼女は赤い傘をさして、いつものように微笑んでいた。

「こんにちは、ケイ」

と、彼女は言う。

「ちょっと日焼けした？」

と、ケイは尋ねる。

彼女は自分の腕に視線を落とす。

「そう？　別に変わってないと思うけど」

「海に行ったんじゃない？」

「この夏は行ってないな。でも今日は、山に登るつもり」

「山？」

「そう。高いところに登って、遠くを眺めるために」

「でも、雨が降っているよ」

「天気予報では、夕方には降り止むことになっているの。雨の後は夕陽が綺麗《きれい》だと思うから。夏休みの最後に、それをみに行くのよ」

相麻菫の後ろで、細かな雨が潜むような音を立てて降り続いていた。彼女は、好奇心に満ちた猫みたいに首を傾げた。

「今から、時間はある？」


そしてケイと相麻は、肩を並べて、雨の中を歩いた。

相麻の傘は赤く、ケイの傘は透明だった。以前コンビニで買ったビニール傘だ。

傘は雨音を大きくする。夏の熱で蒸発した水気は空気中に満ちていた。薄く引き伸ばされた水の底を歩いているような気分で、ケイはそっと空を見上げた。だがもちろん、そこに水面があるわけもない。水面がなければ息継ぎもできない。

「そろそろ、夏が終わるわね」

と、相麻は言う。

「終わるのは夏休みだ。夏がいつ終わるかなんて、それぞれ勝手に決めてしまえばいい」

と、ケイは答える。

「なら私は、今日で夏が終わるのだと決めるよ」

「そう」

「ねぇ、ケイ。答えは出た？」

「答え？」

そう尋ねながら、彼女がなんの話をしているのか、ケイは理解していた。

この夏。相麻菫が、夏だと定義した期間。思い返せばずっと、そのことについて考えていたような気がする。

相麻菫は足を止める。バスの停留所の前だ。そこにはベンチがひとつと、雨避《あめよ》けのための屋根がある。

相麻は傘をたたんで、ベンチに腰を下ろした。

ケイは傘をさして立ったまま、尋ねる。

「バスに乗る予定なの？」

「そういうわけじゃないけれど。とりあえず濡《ぬ》れずに座っていられるなら、どこでもいいよ」

「バスが間違って停車するかもしれない」

「なら、バスに乗るよ。私は山に登るの。綺麗な夕陽をみるために。移動方法はなんだっていい。でもそれまで、私に付き合ってもらえるかしら」

ケイは時刻表に目を向ける。次のバスがこの停留所の前を通過するのは、もう二〇分ほど先のことだった。小さなため息をついて、ケイも彼女の隣に腰を下ろす。

「アンドロイドは、だれ？」

と、相麻菫は言った。

雨に濡れる時刻表を眺めながら、ケイは言った。

「アンドロイドが登場する小説を、たくさん読んだんだ。読みかけのミステリを後回しにして。おかげで犯人はまだ捕まらない」

「それで？」

「なぜ君がそんな質問をしたのか、少しだけわかった気がするよ」

たぶん元々相麻が考えていたことを、ようやく理解できたのだと思う。

ケイは答える。

「アンドロイドについて考えるとき、僕が思い描くのはいつも、人間のことなんだ。人間というのはなんなのか。人間からなにが欠ければ、あるいはなにを付け足せば、アンドロイドになるのか。そう考えるしかないんだ」

アンドロイドについて考えるということは、人間について考えるということだ。この夏ケイは、人間について、考え続けていた。春埼美空から始まって、だけど色々な人間について。

四月二八日。ケイと、春埼と、相麻が、初めてあの屋上に集まった日。

相麻菫は人間について考えるための質問を投げかけたのだ。三人が顔を合わせる理由に、そんな質問を選んだのだ。

そして答えは、やっぱりひとつしかない。

「僕たちの中に、アンドロイドはいない。どれだけ考えてみても、やっぱりみんな、人間だった」

「それでも、仮定するのよ。私たちの中にアンドロイドがいるんだと」

「なら、みんながアンドロイドだ。誰だって誰かの影響を受けて形作られている。人間以外が作り出した人間なんて、いない」

あらゆる思考が、理性が、哲学が、価値観が、すべて人工的なのだとケイは思う。人は誰かの人工物で、僕は誰かの人工物なのだろうと思う。

小さな声で、相麻は笑った。

「そうね。きっと、そう」

それから彼女は、どこか遠い場所に視線を向けた。たぶん向こうの雨雲よりも、もう少し遠い場所に。

「ねぇ、ケイ。どうして貴方《あなた》は、この街にいるの？」

「どうして、とは？」

「どうして両親を捨てて、この街に留まろうと思ったの？」

なぜ、彼女がそのことを知っているのか。

不思議と疑問には思わなかった。

相麻菫なら、きっと、それくらいのことは知っている。知っていて当然だ。とても素直に、そう思っていた。

「能力に興味があったんだよ」

決して逃れることができないほど強い好奇心を、この街の能力に対して抱いてしまった。二年前、浅井ケイは、この街の能力に囚《とら》われた。あらゆる理性よりも強固に、この街の能力について知りたいと願ってしまった。

相麻は横目でちらりと、こちらの顔を覗《のぞ》きみる。

「それは今回、貴方がリセットを求めたのと同じ理由で?」

「うん」

「どうして貴方は咲良田の能力と、それにリセットが欲しいの?」

「便利だからだよ」

「とても信じられない」

「でも、本当にそれだけの理由なんだ」

少しだけ躊躇《ためら》って、だがケイは続ける。

「昔、僕も春埼と同じだった。幼いころの春埼と同じように、色々な、言ってみればこの世界の構造みたいなものが、とても悲しいルールで出来ているのだと思っていた」

当たり前にあるものが、すべて悲しいのだと春埼は言った。

生きているものが、いつか死ぬことが。形のあるものが、いつか壊れることが。当たり前のルールが、すべて悲しい。その感覚を春埼と同じように、ケイも持っていた。

「僕はずっと、諦《あきら》めていたんだ。日常というのは悲しみを内包している。この世界がそういうルールで出来ているのなら仕方がない。だからみんな受け入れるつもりだった」

本当に、そのつもりだったのだ。とても嫌だったけれど、仕方がないことなのだと、諦めてしまうつもりだった。でも。

「でも、この街に来て、違うのだと思った」

「咲良田には、能力があったから？」

「うん。目の前で、それまで仕方がないと受け入れるつもりだったルールが、簡単に壊れたんだよ」

捨ててしまうしかないと思っていたキーホルダーが、何事もなかったように元に戻った。それはささやかな出来事だ。奇跡と呼ぶにはちっぽけな。でも、これまでケイにはみえていなかった可能性だった。知らなかった可能性があるのなら、仕方なくないのなら、もしかしたらなにも諦めなくていいのかもしれない。

咲良田の能力は、あらゆるルールを超越し、その効果を発揮する。受け入れるしかないのだと思い込んでいた悲しみを、苦痛を、あっさりと消し去ってしまえる可能性を強固に示す。

相麻菫は頷《うなず》く。

「貴方は、どうしようもないのだと諦めていたことを、ひとつ残らず消し去るために咲良田に留《とど》まったのね。同じように、諦めずに繰り返す力が欲しくて、リセットに惹《ひ》かれたのね」

「とても便利なんだ。彼女の能力は」

失敗をもう一度やり直せたとき、いったいどれだけの問題を取り除けるだろう。過ぎ去った過去をやり直すことができるなら、いったいどれだけの悲しみを、この手で消し去れるだろう。

「だから僕は、春埼美空を利用するんだよ。僕のために、彼女を利用するんだ」

「利用」

小さな声で、相麻は笑う。

「こういう話をするときの貴方は、いつだってとても露悪的ね」

「そうだね。僕は、善人じゃない」

「春埼と同じように。貴方が純粋な善だと認めた彼女と同じように、色々なものを悲しんでいるのに？」

「僕と春埼は違う。僕はね、僕が悲しいのが、嫌なんだ」

自分自身が悲しみたくないから、悲しいことを消してしまいたいんだ。自分が痛いから、嫌なんだ。それを持たないまま純粋に悲しめる春埼とは違う。

相麻菫は、笑みを浮かべたまま囁《ささや》く。

「貴方はとても自覚的に、矛盾の中にいる」

言われるまでもなかった。でも相麻は続けた。

「なにも諦めたくないのに、平気で切り捨てると言う。心が優しいから感じる痛みを、残酷なんだと言って片づける」

　ケイは胸の中で首を振る。そうじゃない。そんなことじゃないんだ。だっていちばんの矛盾は、この街にきた一歩目から生まれていた。

「ねぇ、ケイ。貴方はもう少し、救われてもいいのだと思う」

　その言葉がなんだか意外で、ケイはつい反復した。

「救われる？」

「そう。救われて、楽になる。そのための言葉をあげる」

　相麻菫は、視線を動かして——まっすぐにケイをみつめて、言った。

「貴方は、悪人よ。とても悪い人。両親を捨て去るなんてこと、許されるはずがない」

　ケイは頷く。

「うん」

　それが、初めから抱えている矛盾だ。悲しいことが嫌で、苦しいことが嫌で、それを受け入れるしかないのが嫌で咲良田の能力に惹かれたのに。能力を知って、ケイはまず両親を捨てた。言い訳のしようもなく、あのときケイは悪者になった。

「貴方は、本当は馬鹿みたいに正しいことを、正直に叫び続けたい人よ。とても頭がいいくせに、深い部分は誰よりも子供っぽい人よ。なのに貴方の理性が、貴方自身を正しい人間だと定義づけられない」

　相麻は今までよりも、ずっと静かな言葉で語る。

それは、雨音みたいな声で。

「貴方は初めから、マリを助けたかったんでしょう？　そうしたくてたまらなかったんでしょう？　でも貴方自身がそれを、許せなかった。両親を切り捨てた貴方が、子供を切り捨てようとしている母親を断罪していいはずがないと思ったんでしょう？」

知っている。もちろん、覚えている。マリのことを知ったとき、ケイ自身がまずなにを考えたのか忘れられない。だから、ケイはなにも答えられなかった。耳を塞《ふさ》ぐこともできなくて、相麻の声を聞いていた。

「だから、春埼を言い訳に使った。マリを救うのではない、これは春埼を利用するための手段なのだと決めることにした。そういう言い訳が必要だった。貴方は弱くて、ずるくて、本当は善人になりたいのに、自分でそれが許せない悪人」

その通りだ、とケイは思う。

――僕はとても、弱くて、ずるい。

だから、ほら、今だって。それを認めてくれる彼女に、安らぎを感じている。

相麻菫は笑う。優しく、柔らかに。

「だから貴方に、言い訳をあげる。これから貴方が正しくあるための言い訳を」

彼女はわずかにまぶたを落とした。

「春埼は変わりつつある。あの子はこれから、たくさんの感情を知っていく。きっと、貴方からそれを学ぶ。貴方が心地良いと感じる曲を心地良いのだと信じて、貴方が美しいと感じる空を美しいのだと信じる」

彼女のまぶたが、また持ち上がる。

その、黒い瞳《ひとみ》にケイの顔が映る。

とても情けない顔だ。弱々しい、独りきり留守番に残された幼い子供のような顔だ。恥ずかしいけれど、なんだか今は強がることもできない。

「浅井ケイ。貴方《あなた》は春埼美空のために、善人でいなさい。いつか貴方の本心を、本当の貴方なのだと信じられるときまで。春埼美空に正しい感情を教えるためなのだと言い訳にして、優しくあり続けなさい」

あくまで静かに、相麻は言った。

その言葉はなによりも、浅井ケイにとっての救いだった。紛れもなく求めていた言葉で、なんだか頬が熱かった。

なんとか声を絞って、ケイは答える。

「できるだけ、そうするよ」

相麻菫は、くすりと笑う。

「なんだか貴方といると、いつも春埼の話になるわね」

ケイも笑う。口元だけを歪《ゆが》めて。

「ああ、たしかに。どうしてだろうね」

「そんなの、決まってるじゃない」

相麻の笑みの種類が変化した。

意地の悪い、誰にもなつかない野良猫みたいに。

「貴方が春埼美空を、愛しているからよ」

ケイは軽く目を閉じて、

「なるほどね」

そう答えた。

「あら、残念。否定するかと思ったのに」

囁いて、彼女は雨の奥で笑う。

雨音と、同じ音量で笑う。

それからケイと相麻は、しばらくの間、話をした。

取り留めのない話だった。未来について、過去について、夕陽について。

ケイは尋ねてみた。

「結局、どうして君は、僕と春埼を会わせたの？」

彼女は答えになっていないような、不思議な言葉で答えた。

「伝言が好きなの」

幸せな言葉や些細《ささい》な言葉を、人から人に、たくさん伝えたい。そんな風に言った。ケイはその答えに、感情で納得していた。彼女はたしかに、ケイになにかを伝えたのだ。

正しい方法で、正しい言葉を使って。

雨はまだ降り続いていた。その日、そのときの雨音は、なんだかとても誠実だった。適切な距離感を保ち、優しく微笑むように。心地のよい雨音だった。

やがてバスがやってきて、相麻菫はベンチから立ち上がる。

「貴方も一緒に、夕陽をみに行く？」

少しだけ悩んだけれど、ケイは首を振った。

「読みかけの小説があるんだ」

「そう。じゃあ、さようなら」

彼女は軽く手を振って、ケイに背を向け、バスに乗り込む。音を立てて、バスの扉は閉まり、そのまま走り去る。

相麻は本当に山に登り、夕陽をみるつもりなのだろうか。

彼女のことは、よくわからない。

＊

翌日、九月一日。

始業式の放課後に、浅井ケイはひとり南校舎の屋上にいた。

誰に呼ばれたわけでもない。ただなんとなく、この場所に来たかったのだ。

雨は昨日の夕暮れ前には上がっていた。今、ケイの頭上には、すっきりと晴れ渡った青空がある。どこか遠い場所に、小さく安定した雲が、ひとつだけ浮かんでいる。今日はあまり風が吹かない。

九月に入り、夏休みが終わっても、ケイにはまだ夏が終わったのだとは信じられなかった。相変わらずセミは鳴き続けているし、大気は高温に熱せられている。水溜《みずたま》りだって、すぐに消えてしまった。

ケイはフェンスにもたれかかり、空を見上げる。

青空に溶け込むような気分で。今はなにも考えないでいるつもりだった。でも思い出したのは、昨日の、相麻菫の言葉だ。きっと彼女はとても正しい言葉ばかりを選んで、ケイに語ったのだと思う。

小さな音を立てて、屋上の扉が開く。

そこに、ひとりの女の子が立っていた。

春埼美空。

すっかり見慣れた少女。なのに、咄嗟《とっさ》には、彼女が春埼だと認識できなかった。

いつものように表情はない。いつものように、瞳はガラス球めいて美しい。彼女は一定のリズムを保ち、こちらに向かって歩く。それにあわせて、彼女の髪が揺れる。だがその髪は、肩よりも少し上の辺りで、ばっさりと切られていた。

「髪を、切ったんだね」

髪が短くなった春埼美空は、今までよりも少しだけ、活発的にみえた。

彼女は頷《うなず》く。

「貴方に従いました」

「僕に？」

「以前、貴方が言ったのです。髪を切った方がいい、と」

「ああ」

たしかに、言ったことがある。

でもそれは、もうふた月半も前の話だ。どうして、今になって？　少し戸惑うけれど、言うべきことはひとつしかない。

「似合っているよ、春埼」

彼女は、少しだけ首を傾げて。

「ありがとうございます」

そう言って、笑った。

なんでもない風に、それが当然だというように、美しいよりも可愛いと思える動作で自然に、笑った。

眩暈《めまい》がした。

女の子の表情ひとつに、こんなにも動揺するのは初めてだ。

その感覚に、ケイも思わず笑う。――なんだ、まるで、恋に落ちた少年みたいじゃないか。

「髪に触ってもいいかな」

と、ケイは尋ねた。なんとなく触ってみたかったのだ。短くなった彼女の髪に。

春埼はとても素直に頷く。そしてケイのすぐ近くに立つ。

ケイは右手で、彼女の髪に触れた。頭の上から耳の脇まで、ゆっくりと撫《な》で下ろす。

とても細い髪。柔らかな手触り。夏の光で、少し暖かい。猫の背中みたいだ。

「一昨日、マリに会いました」

「そう。なにを話したの？」

「話はしませんでした」

「どうして？」

「母親と、一緒にいたから。声をかけなくても良いと思いました」

「それは、よかった」

「はい。とても」

「寂しくはなかった？」

「いえ。どうしてですか？」

本当に、質問の意図がわからないという風に、春埼は首を傾げる。この少女は今も、
とても純粋なままでいる。

ケイは両手を春埼の頭に回し、抱き寄せた。肌寒い朝、寝ぼけて毛布に抱きつくよう

に。その動作にも理由はなかった。ただなんとなく、そうしてみたかった。

抵抗もなく、春埼の頭がケイの胸に収まる。ふたりの体温が、接点で交じり合う。なぜだろう、とても心地が良い。

ふいに、相麻菫の言葉を思い出す。ずっと前に聞いた言葉だ。

――そういうときは、なにも言わずに抱き締めればいいのよ。心の底から、愛を込めて。

きっと、そういうことなのだろう。ほかに方法が思いつかない。

ケイの胸に顔を押しつけたまま、春埼は言った。くぐもった声だった。

「ルールのゼロ番目について、考えてみました」

「君のルール？」

「そうです」

春埼美空の、みっつのルール。

それは、ロボット工学三原則に似ている。三分の二が一致する。

以前、三原則にはゼロ番目があるのだと話したことがある。あのときに言ったのだ。

――考えてみてよ。もし君のルールにゼロ番目を作るなら、どんなルールにするのか。

「ゼロ番目を、みつけました」

「とても興味深いね」

「私は、貴方《あなた》に従います。貴方の行動と、言葉のすべてを、信頼します」

それは、ケイが求めていた言葉だ。

リセットを、その能力者を手に入れる。元々はそこから始まった。

――三原則のゼロ番目は、本当はもっとシンプルなんだ。多くの人のためであれば、ひとりの人間を傷つけても良い。そういう論理的なものなんだ。

そう伝えようかと思ったけれど、やめる。意味のない話だ。

春埼美空は続ける。

「貴方がいなければきっと、マリは悲しみ続けていたのだと思います」

「どうかな。まだ全部、上手《うま》くいくと決まったわけじゃない」

ケイは能力を使って思い出した事を忘れない。おそらくケイの能力は、一度使ってしまうと解除できないのだと思う。永遠に、効果を発揮し続ける能力。

でも、マリの母親は違う。坂上の能力の効果が切れれば、一緒にケイの能力の効果も切れる。彼女は、マリを愛する感情を、忘れることができる。また、同じことを繰り返す可能性だってある。

春埼は言う。

「一昨日、マリは笑っていました。貴方が言った通り、女の子の涙が、ひとつ消えました。それは正しいことなのだと思います」

違う。

「僕が消したかったのは、君の涙だ」

ケイの胸の中で、春埼美空は首を傾げて、それから頷く。動作がひとつひとつ、振動でケイに伝わる。

「それでは貴方は、ふたつの涙を消しました。私のルールに従っていただけでは、そんなこと、できなかった」

なにもかもが、思い通りに進んだはずなのに。

なぜだろう、ケイは、泣きたくなった。このままでは、とても強い力で、彼女を抱き締めてしまいそうだった。だからケイは彼女から手を離す。

まっすぐに立って、正面からケイをみて、春埼美空は言った。

「私はずっと、私の感情を、探していました」

彼女がなにを言おうとしているのか、なんとなくわかる。それがきっと、大きな勘違いだという事も。この夏はずっと、春埼美空について考えていたのだから。彼女の言葉や行動をひとつひとつ、決して見落とさないように注意していたのだから。

――たぶん僕は今、春埼美空の感情について、誰よりも詳しい。

おそらくは春埼本人よりも、ずっと。

この少女はまだ、自身の感情に馴《な》れていないのだ。だから、勘違いした。

無理やりにでも口を塞《ふさ》いでしまえばよかった。だけど、そうする勇気を出せないでいるうちに、彼女は言った。

「私はきっと、貴方が好きです」

嬉《うれ》しそうに、そう言った。でも違う。

ケイはゆっくり、首を振る。

「君が僕に、好意を持ってくれたのは、嬉しいよ。でもそれは、恋愛感情ではない」

素直に彼女は首を傾げる。

「どうしてそう思うのですか？」

「ずっと君のことを考えていたんだ。それくらいは、わかる」

感情に馴れていないから、信頼と愛情を混同してしまうんだ。自分自身すら特別だと思えなかったこの少女は、誰かを特別だと思う感情に馴れていないんだ。

ケイは、無理やりに声を押し出す。

「僕は今のままの君を、好きになってはいけないんだと思う」

彼女の瞳《ひとみ》に、戸惑いが浮かんだ。

「わかりません」

「うん、そうだろうね」

ケイは春埼の肩に、手をそえる。先ほど、彼女の髪に触れたときよりも、ずっと深刻な躊躇《ためら》いを振り払って。

夏服のブラウスは薄く、つるりとしていて、すぐ下には柔らかな肌がある。その体温と、皮膚の内側にある骨の形を感じる。手の甲に彼女の髪の毛先が触れて、少しくすぐったい。

「試してみてもいいかな？」

と、ケイは尋ねた。

「はい」

と、春埼は答えた。

ケイは彼女に顔を近づける。春埼は目を閉じなかった。下らない意地で、ケイも目を閉じなかった。

彼女の唇は温《ぬる》く、そしてなんの味もしなかった。

唇を離して、ほんの近い距離で、ケイは尋ねる。

「嬉しい？」

ひと呼吸後で、余韻が充分に薄らいでから、彼女は小さな声でつぶやく。

「わからない」

あるいは独り言だったのかもしれない。ほんの小さな声だった。

でもたしかにケイには、その言葉が聞こえていた。

ケイはそっと、首を振る。

「僕はまったく、嬉しくない」

ため息も出なかった。

——春埼にはまだ、恋愛はできない。

そして、きっとケイ自身にも。この少女に抱いている感情は、恋愛に似ていて、だが根本的な部分が違う。ふたりが共にいる理由を、感情に求めるのはまだ早い。

「僕たちはふたりでいたから、マリの涙を消すことができた。それだけでいいんだ」

どうして不用意に、彼女を抱き締めてしまったんだろう。幼い勘違いを助長するようなことは、決してすべきではないのに。

「僕たちの能力は、ふたつ揃えば、涙を消せる。今はまだそれだけでいいんだ。君と僕の能力が揃えば、大抵の問題を乗り越えられるはずだから。一緒にいなければなにもできないから。能力だけを理由に、僕たちはふたりでいよう」

春埼はじっと、こちらをみていた。ケイがなにを言っているのか、おそらく彼女にはわからないのだろう。

無理やりに微笑んで、ケイは尋ねる。

「春埼。セーブはしているかな？」

彼女は頷《うなず》く。

「はい。二日前の、夜眠る前に」

遠くの空に、小さく安定した雲が、ひとつだけ浮かんでいた。

今日、この屋上であったことは、あるいは幸福な出来事なのかもしれない。でもそれを受け入れることが、ケイにはできない。彼女が僕を愛していないことを証明するためだけに口づけしたなんてことが、自分自身で許せない。

ケイは告げる。

「春埼、リセットしよう」

彼女はためらわずに、それに従うだろう。勘違いだとしても愛の告白を、自分で消してしまえるだろう。そんなことはわかっている。

次に春埼の笑顔をみたとき、今日みたいに素直に動揺することはもうできない。それだけが、少し寂しかった。

＊

リセットによって再現されたのは、八月三〇日の午後八時ごろだった。

ケイはその夜を、記憶にあるのとまったく同じように過ごした。同じだけの言葉を話し、同じ時間にシャワーを浴びて、同じ時間に眠った。

その翌日、八月三一日。夏休みの最後の日。昼下がりには、記憶にある通り雨が降った。ケイはひとり、中野家の離れにいた。ベッドに寝転がり、本を読む。リセット前と同じ本を。

最後の章に入る直前、そろそろ相麻菫がやってくるころだ、とケイは思う。

だけど、どれだけページをめくっても、部屋の扉はノックされなかった。赤い傘を持った相麻が現れないまま、ケイは小説を読み終わり、雨が上がって、夕暮れになった。

ケイは窓の外に目を向ける。そこには初めて相麻に出会ったとき、テトラポットの上からみたのと同じように美しい夕陽があった。相麻は今、山の上から、同じ夕陽をみているのだろうか。

なぜ、彼女は今日、現れなかったんだろう。

リセット前に比べ、いったいなにが、変化したんだろう。リセットした後に、わからない。なんだかとても、不安だった。リセットした後に、ケイが関与しないところで出来事が変わったのは初めてだ。

相麻菫の家に電話を掛けてみるけれど、誰も出ない。不安感を拭《ぬぐ》い去れないまま、ケイは眠りについた。

そして、九月一日。

浅井ケイは、相麻菫が死んだことを知った。

*

相麻菫は雨の中、山に登り、足を滑らせたのだという。

目撃者はいなかったから、おそらくそういうことだろう、という話だった。

彼女は水流の増した川に落ちて、下流に流された。そして、どこかの誰かが発見して、警察と病院に連絡した。救急車が到着したときにはもう、冷たくなっていた。

——こんなにも、暑い季節なのに。

ケイがまず考えたのは、なぜだかそんなことだった。

――雨粒まで温くなっているような時期なのに、冷たくなっていたって、なんだよ。

まったく、ふざけている。

とても、信じられない。

相麻菫。彼女が死ぬなんて、あり得ることだとは、思えない。

相麻の死について聞いたのは、七坂中学校に登校してすぐのことだった。

ケイは始業式に出なかった。

南校舎の屋上に上り、寝転がって、空を見上げていた。

広く大きな青空は、奇妙な吸引力を持っている。視界すべてが空に覆われると、そちらに向かって落ちていくような気がした。

――相麻に起こったのも、同じようなことだろうか？

乾いた声を上げて、ケイは笑う。どうしても泣こうという気になれなかった。一通り笑って、笑っているのも馬鹿らしくなり、気がつけば眠っていた。今はなにも、考えたくなかった。

数秒か、数分か、数時間か。どれだっていい。ともかくいくらか眠って、目を開いたとき、すぐ隣に中野智樹がいた。

「よう。ケイ」

と、彼は言う。

「やあ、智樹」

と、ケイは答える。

それきりしばらく、ふたりとも黙り込んでいた。日はまだ高い。今日がまだ九月一日なら、それほど長く眠っていたわけではないのだろう。

ぽつりと、智樹は言う。

「昨日、相麻に会ったよ」

「いつ？」

「昼になる少し前。家の前に、あいつがいた」

「それで？」

「未来に、声を届けて欲しいって言われた。二年後の、あいつ自身に」

わけがわからなかった。ケイは寝転がったまま、ほかにはどうしようもなくて空をみる。深く深く青いそれは、暗闇と同じ色にみえる。

――きっと僕は、空に向かって落ち続けているんだ。眠っていた間も、落ち続けていたんだ。

意味もなく、そんなことを考える。最後まで落ちてしまえば、そこに相麻がいる。

「それだけだ。お前には、言っておいた方がいい気がした」

悲しいと嘆くことも、慰めの言葉もなく、中野智樹は背を向ける。

空をみつめたままケイは尋ねる。

「相麻は、なんて言ったの？」

「ん？」

「二年後の彼女に、どんな言葉を伝えたの？」

智樹は、吐息を漏らして、

「この声が聞こえる？」

それだけだよ、と言って、屋上を後にした。

――この声が聞こえる？

意味がわからなかった。相麻菫の、意図がわからない。

いつものことだ、とケイは思う。相麻菫の意図を、正確に理解できたことなんて、一度もないんだ。彼女は初めから、ケイに理解できる場所にはいなかった。

いつだって彼女は、わけがわからなくて、こちらのことは全部知っている風で。不敵で、気高く、気まぐれな野良猫みたいに、ふいに姿をみせて、当然のように傍にいて、勝手にいなくなるんだ。

いつものことじゃないか。

いつものことなのに、彼女はもう、やってこない。

ケイは寝転がったまま、ずっと空をみていた。

気がつけば日が暮れていた。

夕焼けに包まれた屋上に、扉が開く、小さな音が聞こえた。

相麻だろうか、と、期待してもよかったのに。ケイにはなぜだか、扉を開けたのが春埼美空だとわかった。

ケイは身を起こす。でも立ち上がる気になれなくて、赤く染まる、南の空をまた眺める。右手の方に夕陽があり、左手の方から濃紺色の夜がやってくる。

春埼美空は規則正しい足音を立てて、ケイの隣に立った。

短く切られた髪。もう、驚かない。

ケイは座り込んだまま、春埼を見上げる。

「まだ学校にいたんだね」

今日は始業式だ。昼前には、帰れたはずなのに。

「貴方《あなた》を待っていました」

「僕を?」

「はい。靴箱の前で待っていたけれど、なかなか来ないので、捜しに来ました」

「どうして?」

「お願いがあります」

少しうつむいて、彼女は言った。

「リセットします。二日前に戻れるはずです。彼女を、助けてください」

ああ、そうか。

春埼美空は、すでにもう、リセットしてしまっていることを知らない。相麻菫の死がリセット後の二四時間以内——彼女の能力では、絶対に消し去ることのできない時間に起きたことを、知らない。

「リセットは、できない。もう使ってしまったんだ」

「リセットしても、彼女の事故を回避できなかったのですか？」

「違う」

リセットする前の世界では、相麻菫は生きていた。

春埼と交わした情けない口づけを消し去るために、ケイがリセットを使うよう指示を出したから、彼女は死んだ。自分勝手に、不用意に、リセットを使ったから相麻菫は死んだ。

ケイはまた南の空に視界を戻した。夕暮れと夜の中間点をみつめていた。春埼の言葉に、誠実に答えることができないままで。

黙っていれば春埼は、屋上からいなくなるだろうと思った。きっと、勝手に帰ってしまうだろうと思っていた。だけど彼女は、ケイの隣に腰を下ろした。すぐ左隣に座って、彼女は言った。

「泣いて、いるのですか？」

ふいに思い出す。

初めて、テトラポットの上で出会ったとき、相麻菫は言った。

——泣いているの？

ケイは自身の頬に触れる。

やはり、涙は流れていなかった。

どうして泣けないんだろう？　こんなにも、悲しいのに。こんなにも、悔しいのに。

叫び出したいくらいにやるせないのに、どうして、泣くことができないのだろう？

そっと頷《うなず》いて、ケイは答えた。

「うん。僕は今、泣いているんだよ」

涙をこぼすこともできないけれど。本当は、泣いているはずなんだ。あらゆる感情で大声を上げて、ぐしゃぐしゃに泣いているはずだ。

ふいに、春埼美空のガラス球みたいな瞳《ひとみ》から、涙が零《こぼ》れ落ちる。

それは彼女のつるりとした白い頬を伝い、顎《あご》にたどりついて、真下に落ちる。初めは小さな一粒だった。二粒目は、もう少し大きかった。やがてとめどなく彼女の瞳から、涙が流れ始めた。

「悲しいの？」

と、ケイは尋ねる。

なんてつまらない質問なんだろう。わざわざ確認するようなことじゃない。今はどうしようもなく、思考が鈍い。

だが、春埼美空は首を振った。

「悲しいのは、私ではありません」

ぼろぼろと涙がこぼれ、その雫《しずく》が、夕陽に照らされて輝く。

今は世界が美しくある必要なんて、なにもありはしないのに。なにもかもが、薄汚れているはずなのに。でもその涙は、美しかった。

相麻菫が死んだのに、それでも涙は美しかった。

「悲しいのは、貴方です。貴方が悲しんでいるから、私は泣くのです」

そう答えて、春埼美空は泣いた。大粒の涙をこぼし、やがて声を上げて。

少女はきっと、少年の代わりに、泣いた。

少年の隣で、泣き続けた。

夕陽がゆっくりと沈む。屋上にある小さな世界が、暗転する。

少年は、ふいに理解する。

ひとつの季節が、終わったことを。

夏が今、終わったのだということを、浅井ケイは理解する。

二年後／八月三〇日（水曜日）

高校一年生になった浅井ケイと春埼美空は、テトラポットの上にいた。静かな夕陽は無音のまま、ゆっくりと沈んでいく。

遠くにみえるマンションの向こうに最後の光が消えたとき、村瀬陽香が現れた。そして雲に反射する夕焼けのピンク色が、すっかり夜の始まりの紺色に染まったころ、坂上央介が。

相麻菫を写真の中から連れ出すために、必要な能力者が全員、この場所に集まった。

坂上は二年前の冬ごろから、咲良田を離れていた。でもこの時期、相麻の命日の前後だけ、この街に戻ってくる。そのことをケイは知っていた。

計画を実行するのは、このタイミングしかなかった。目的と能力の使い方はすでに昨日のうちに説明している。

――相麻菫を、生き返らせる。

死んだ人間の再生に村瀬陽香は抵抗を覚えているようだった。でも、結局は頷いた。事故で亡くなった、自身の兄のことを思い出していたのかもしれない。反対に坂上は、相麻を生き返らせることに肯定的だった。今回だけの話じゃない。二年前、相麻が死んだ直後からずっとだ。相麻に対する彼の感情は、信仰に近い。

ふたりに状況を説明するよりも前、二八日に、春埼はセーブしている。もう準備は整っている。

二八日――二日前。それは坂上が、咲良田に戻ってきた日だ。まだ彼が、写真の中の相麻を連れ出す計画を知る前だ。

ケイは意図的に、その時期を選んでセーブした。すべてが終わったとき、坂上がなにも覚えていないタイミングだ。それが正しいことなのか、間違ったことなのか、わからない。きっと正解なんてありはしないのだと、ケイは思う。

いまさら、交わすべき言葉もみつからない。村瀬と坂上に事務的な挨拶《あいさつ》をして、ポケットから写真を取り出す。

二年前、佐々野宏幸が、このテトラポットを撮った写真だ。二年前の相麻菫が、写り込んだ写真だ。

ケイ、春埼、村瀬、坂上――四人がそれぞれ、写真の四隅をつかむ。力を込めると、濁音交じりの軽い音を立てて、写真が破れる。

直後、強く白い光に、視界が奪われる。カメラのフラッシュみたいな光だ。坂上がうめくような声を上げる。

ケイは一度、目を閉じて、また開いた。

気温はそれほど変わらない。

とても静かなのも、同じだった。

マンションの向こうに沈んだはずの夕陽が、まだ空にある。ほんの一〇分ほどだけ時間が巻き戻ったような景色。でもこの世界は、二年前が再現されたものだ。

だから、ほら、振り返れば、テトラポットの上には相麻菫がいる。

中学二年生の彼女は、今でも大人びてみえた。でもどこか子供っぽい、不思議な女の子のままだった。彼女はこちらに差し出すように、右手を前に伸ばしていた。その手の上にはマクガフィンがある。

今はなにか、彼女に声を掛けようとも思えなかった。

彼女もなにも言わず、こちらをみていた。夕焼けの中で、綺麗《きれい》な笑みを浮かべて。

二年前に死んだ女の子。野良猫みたいに、不敵で、孤独で、気まぐれにみえる。でもなにもかもを緻密《ちみつ》に計画し、冷徹にそれを実行した少女。今ならきっと、彼女の笑みの裏側にある感情を、少しだけ覗《のぞ》き込める。

アンドロイド・ガール。

まるで行動をすべて、プログラミングされているように、未来によって縛られている女の子。未来に縛られたまま、死んでしまった——自ら、死ぬことにした女の子。

坂上はしばらく、呆然《ぼうぜん》と彼女の姿をみつめていた。

それから彼は、すがりつくように、テトラポットを登る。その後ろに村瀬も続いた。

ケイは息を吐き出す。いつの間にか、呼吸を止めていたのだ。きっと緊張しているのだろう、と思った。

ひと目みるだけでは普段とそう変わらない様子で、でもきっとその裏側に色々な感情を込めて、春埼美空は相麻に背を向けていた。ケイの方だけをみていた。

彼女は小さな声で、言う。

「行かないのですか？」

微笑んで、ケイは首を振る。

「なんとなくね。彼女と話をするのは、今じゃない気がするんだ」

また、三人に戻れるだろうか？

あの、屋上みたいな空間を作れるだろうか？

おそらくそれは、とても難しい。仕方がないのだと思う。なにも知らずにいられた時間は、二年も前に過ぎ去った。

坂上が相麻に向かって、叫ぶように声を上げる。その後ろで、村瀬は少し機嫌が悪そうだ。やがて坂上が、村瀬と相麻の肩に触れる。右手で村瀬、左手で相麻。

村瀬はこちらに向かって頷いてから、よく通る声で言った。

「全身、リセット」

これでもう、村瀬はリセットの影響を受けない。同じように、坂上を経て村瀬の能力をコピーした相麻も。きちんとリセットの効果を打ち消すことができる。

ケイは囁《ささや》く。

「春埼、リセットだ」

エピローグ

二年前の四月八日、浅井ケイは相麻菫に出会った。

午後六時ごろ、テトラポットの上だった。

それから二年と一四二日後、ふたりはまたテトラポットの上にいた。

リセットで消え去った時間を考えれば、その期間はもう少し長くなる。でも、ともかく八月二八日、ふたりはまたこの場所で、顔を合わせた。

あのときとは反対に。相麻菫がテトラポットの上に座っていて、浅井ケイがそこに、歩み寄った。

もしも彼女があの南校舎の屋上にいたなら、ケイは春埼と一緒に会いに来ただろう。でも相麻がいたのはテトラポットの上で、だからケイはひとりでここにきた。

初めて会ったのと同じ、午後六時だった。でも季節が違うから、空の色はまったくの別物だ。四月八日の午後六時には、テトラポットは夕焼けに包まれていた。でも八月二八日なら、日が沈みつつあっても、空はまだ青い。もうあの日と同じではない。

テトラポットの上に立つケイを見上げて、相麻は笑う。

「こんにちは、ケイ」

相麻菫の声だ。まるで二年前と変わらない、悠然とした声だ。

なんだか呆《あき》れてしまって、ケイも笑う。

「こんにちは。久しぶり、というのは、君にはそぐわないのかな」

「そうね。私の感覚は、三日前にも貴方《あなた》に会ったところ」

「いつのこと？」

「マリの母親が、咲良田を出ようとしたのが、私の中では三日前」

「ああ。なるほど」

マリの母親が咲良田を出ようとしたのは、八月一三日のことだった。その三日後——八月一六日。相麻菫は、佐々野宏幸の写真に写り込んだ。

ケイは手をついて、相麻の隣に腰を下ろす。彼女の視線は、その動作をひとつずつ、丁寧に追いかけているようだった。

「ずいぶん、背が伸びたのね。ちょっと驚いたよ」

「あのころ、僕は背が低い方だったからね。今はクラスの真ん中くらいだ」

「そう。二年間、元気にしてた？」

「そこそこね。色々なことがあった。悲しいことも、楽しいこともあった」

「春埼とは、仲良くなれた？」

「二年前に比べれば、ずっと。春埼は変わったよ。とても普通の女の子になった。これからだって、きっと変わり続ける」

「そう」

相麻菫は微笑む。善意も悪意もないように、ただ微笑む。

「ケイ。貴方はそれでいいの？」

頷《うなず》く事を、躊躇《ためら》うような質問ではない。

「もちろん。とても良いことだと思う」

なのに相麻は、首を振った。

「でも、貴方が好きになったのは、二年前の春埼でしょう？　どこまでもシンプルで、自分自身も持っていない。純粋な善の概念みたいな女の子を、貴方は好きになったんでしょう？」

「どうかな。もうよく覚えていないよ」

相麻菫は楽しげに笑う。彼女は多様な種類の笑顔を持っている。

「貴方はきっと、色々なことを経験して、とても強くなったのね」

強い、という言葉が、今のケイにはよくわからない。昔はわかった気になっていたけれど、きっとそれは勘違いだった。なにひとつ間違えないまま、強いという言葉を理解するのは難しい。とても難しいのだと思う。

わからないから、否定も肯定もせずに、言った。

「少なくとも、なんらかの変化はしたのだと思う」

「たとえば?」

たとえば、なんだろう。

少し考えて、ケイは答える。

「女の子に、夕陽を見に行こうと誘われたら、もう断らないだろうね」

「読みかけの小説があっても?」

「うん。日が暮れてから家に帰って、ゆっくり読むことにするよ」

二年前、最後に雨の停留所で相麻と話をしたとき、もし彼女と一緒に夕陽を見に行っていたなら、なにかが変わっていただろうか。彼女のことを少しでも深い場所まで理解できていただろうか。

ケイは尋ねる。

「君にふたつ、聞きたいことがあるんだ」

「ふたつだけでいいの?」

「今はね。とりあえずふたつでいい」

「そ。じゃあひとつ目は?」

「二年前、君が川に落ちる前のことだ。君は智樹の能力で、君自身に声を届ける準備をした」

——この声が聞こえる?

そんなシンプルなメッセージを、相麻菫は、二年後の自分に届けた。

「ええ、それが？」

「実は正確な時間を聞き逃してね。いつ、君にメッセージが届く予定なの？」

相麻菫は細い腕時計に目を向ける。

「だいたいあと五分ね。今日の六時三〇分に設定してもらったから」

「なるほど」

今なら、彼女がなぜそんな準備をしたのかわかる。

それはスワンプマンの問題だ。目の前にいるこの少女が、本物の相麻菫なのか。あるいは彼女にそっくりなだけの別人なのか。それを判断する材料にしたかったのだろう。

彼女が相麻菫なら、彼女に宛てたメッセージが届く。彼女が相麻菫ではないなら、彼女に宛てたメッセージは届かない。

きっと、そういうことなのだと思う。

「ふたつ目の質問は？」

相麻が首を傾げる。

頷いて、ケイは尋ねる。

「どうして、君は死んだの？」

未来視の能力者が、事故を理由に死ぬことなんてない。

彼女は自ら死ぬことを選んだのだ。冷徹に。リセットした直後に。ケイと春埼が力を合わせても、阻止できないタイミングをわざわざ選んで、彼女は死んだのだ。

こんな会話をしていても、青空は静かに深く、ただ澄んでいた。その空と同じような口調で、相麻は答える。

「彼女には、死ななければならない理由があったのよ」

ケイのすぐ隣に座っている少女は、「彼女」と言った。

二年前の相麻菫をさして、「彼女」と。

そのことには触れず、ケイは反復する。

「死ななければならない理由」

「そう。あっさりと、まるで事故みたいに、自分で死んだ理由」

「でも君は今、ここにいる」

二年前に、相麻自身が計画した通りに。わざわざ蘇《よみがえ》るなら、それは一般的な自殺ではない。どこに死ぬ必要があったのだろう。

「全部、必要なことなの。相麻菫が死ぬのも、彼女と同じ私が生まれるのも」

「どうして？」

「それは、秘密。もう少しだけ、秘密にさせて」

ひとりの女の子が死ななければならない理由なんて、考えたくもなかった。

だが、考えなければならない。相麻菫は、死んだのだから。今、ケイの隣にいる少女が、本物の相麻菫だったとしても。たしかに一度、死んだのだから。

彼女はなんだか寂しげに囁《ささや》く。

「貴方は私を、嫌っていい。私はそれだけのことをしたのだから」

咄嗟《とっさ》には、答えることができなかった。

相麻菫の死は、春埼美空を傷つけた。――その表現は、正確ではないのかもしれない。

相麻の死で傷ついたのは、ケイだ。だがケイが傷ついたとき、春埼も同時に傷ついた。自身の能力を歪《ゆが》めるほどに。彼女が持つ能力を、彼女自身の意思では使えなくなるほどに、春埼美空は傷ついた。

相麻はそうなることを知っていた。全部、知っていたんだ。

息を吐き出して、ケイは頷く。

「そうだね。僕は君を、許せない」

どうしたところで、許せるはずがない。

相麻はわずかに、視線を落とす。

「ごめんなさい。本当に。それでも私には、やらなければならないことがある。貴方を傷つけても。これからもっと傷つけることになっても、止められないことがある」

当たり前だ。彼女は自ら死んで、生き返ることを選んだのだから。こんなにも無茶苦茶なことをしておいて、その先がないはずがない。

ケイは祈るような気持ちで、彼女の瞳《ひとみ》をみつめる。

「君の目的は、なんだ？」

彼女は軽く、まぶたを落として言う。

「ねぇ、ケイ。どうして私があの黒い石に、マクガフィンと名づけたかわかる？」

マクガフィン。ケイの元に必要な能力者を集め、そこに相麻の意思があるのだと理解させるための石。大げさな噂があるだけの、それ自体はなんの価値もないただの小石。

ため息をついて、ケイは答えた。

「マクガフィンとは、物語に主人公を呼び込むための小道具だ」

特定の人物を、物語の主人公として正しい場所まで導くための装置だ。押しつけられた謎のアタッシェケースや、意味のわからない手紙なんかがマクガフィンと呼ばれる。

相麻は頷く。

「私は、私が予定した物語の主人公を、貴方《あなた》にしたかった。これまでの出来事は、全部そのための準備なの」

「君が予定した物語というのは？」

きっとそれが、相麻菫の目的だ。

ひとりの少女が死んで、生き返った理由だ。

「あの黒い石を手に入れたなら、貴方はもう、知っているわ」

目が痛いような青空の下で。

相麻菫はその空に似た、深い瞳で浅井ケイをみつめる。

「マクガフィンの持ち主が、咲良田の能力すべてを支配するのよ」

話が、大きすぎる。

あまりに、無茶苦茶だ。

ケイはまた、ため息をつく。内心で、とても信じられない、とつぶやいて。

それから尋ねた。

「君の声は、聞こえたのかな？」

二年前の、相麻菫の声。――この声が聞こえる？

もう午後六時三〇分を回っていた。答えは出ているはずだ。

彼女は少しだけ首を傾げる。

「貴方は、どちらであって欲しい？」

いまさら空の低い位置が、赤く染まりつつあった。

「貴方が選んだ方が、きっと正解よ」

相麻菫の声は、静かに、だが確信を持って響いた。

「機械仕掛けの選択」了

本書は、二〇一〇年九月に角川スニーカー文庫より刊行された
『サクラダリセット3　MEMORY in CHILDREN』を修正し、
改題したものです。

機《き》械《かい》仕《じ》掛《か》けの選《せん》択《たく》

サクラダリセット3

河野《こうの》 裕《ゆたか》

平成28年 11月25日　初版発行
令和7年 2月5日　7版発行

発行者●山下直久

発行●株式会社KADOKAWA
〒102-8177　東京都千代田区富士見2-13-3
電話　0570-002-301（ナビダイヤル）

角川文庫 20068

印刷所●株式会社KADOKAWA
製本所●株式会社KADOKAWA

表紙画●和田三造

ISBN978-4-04-104206-9　C0193

角川文庫発刊に際して

角川源義

第二次世界大戦の敗北は、軍事力の敗北であった以上に、私たちの若い文化力の敗退であった。私たちの文化が戦争に対して如何に無力であり、単なるあだ花に過ぎなかったかを、私たちは身を以て体験し痛感した。西洋近代文化の摂取にとって、明治以後八十年の歳月は決して短かすぎたとは言えない。にもかかわらず、近代文化の伝統を確立し、自由な批判と柔軟な良識に富む文化層として自らを形成することに私たちは失敗して来た。そしてこれは、各層への文化の普及滲透を任務とする出版人の責任でもあった。

一九四五年以来、私たちは再び振出しに戻り、第一歩から踏み出すことを余儀なくされた。これは大きな不幸ではあるが、反面、これまでの混沌・未熟・歪曲の中にあった我が国の文化に秩序と確たる基礎を齎らすためには絶好の機会でもある。角川書店は、このような祖国の文化的危機にあたり、微力をも顧みず再建の礎石たるべき抱負と決意とをもって出発したが、ここに創立以来の念願を果すべく角川文庫を発刊する。これまで刊行されたあらゆる全集叢書文庫類の長所と短所とを検討し、古今東西の不朽の典籍を、良心的編集のもとに、廉価に、そして書架にふさわしい美本として、多くのひとびとに提供しようとする。しかし私たちは徒らに百科全書的な知識のジレッタントを作ることを目的とせず、あくまで祖国の文化に秩序と再建への道を示し、この文庫を角川書店の栄ある事業として、今後永久に継続発展せしめ、学芸と教養との殿堂として大成せんことを期したい。多くの読書子の愛情ある忠言と支持とによって、この希望と抱負とを完遂せしめられんことを願う。

一九四九年五月三日

つれづれ、北野坂探偵舎

心理描写が足りてない

河野 裕

探偵は推理しない、ただ話し合うだけ

「お前の推理は、全ボツだ」——駅前からゆるやかに続く神戸北野坂。その途中に佇むカフェ「徒然珈琲《つれづれコーヒー》」には、ちょっと気になる二人の“探偵さん”がいる。元編集者でお菓子作りが趣味の佐々波《ささなみ》さんと、天才的な作家だけどいつも眠たげな雨坂《あまさか》さん。彼らは現実の状況を「設定」として、まるで物語を創るように議論しながら事件を推理する。私は、そんな二人に「死んだ親友の幽霊が探している本をみつけて欲しい」と依頼して……。

角川文庫のキャラクター文芸

ISBN 978-4-04-101004-4